雙向禁錮 上

作者 尾巴Misa

插畫 葉長青

Contents

第一章 開端

像是在永遠都醒不來的夢境一樣，連睜眼都困難。

劇烈的疼痛從腦中傳來，下意識地想伸手抓住自己的頭，但卻發現全身像是被綑綁了一樣無法動彈。

我緊張地想睜開眼睛，但是卻眼皮沉重得很，一點也張不開。

很快地，我從身體的觸感明白自己正躺在一張床上，而周圍十分安靜，從空氣的味道、呼吸的迴盪聲、床鋪的柔軟度以及該死的直覺，我知道這裡不是我的房間。

我的記憶似乎有點模糊，為什麼我會在這？為什麼我會覺得自己被綑綁？

忽然像是找回了自己身體的掌控權一樣，倏地睜開眼睛，接著身體也能動了，我立刻從床上爬起，但卻忽然摔到床下，發現身體的肌肉有些麻，像是同一姿勢太久而發麻的那種。

雖然還沒辦法隨心所欲地活動，但至少已經可以動了。

趁著癱坐在地上的這段時間，我觀察著四周環境。

這裡很昏暗，看起來也沒有窗戶，唯一的弱小光源來自前方的門縫，我伸手摸著四周，在床鋪的牆邊有個電源，切下後瞬間室內燈火通明。

我身在一個莫約十坪左右的空間，天花板和牆壁看起來都像重新漆過油漆般閃亮，除了擁有光源的門外，另一扇未關的門是盥洗室，而這房間設備完善，有衣櫥、書桌、冰箱、單人床鋪和一個五層無門書櫃，但上面並沒有放任何東西。

感覺力氣正逐漸恢復，我先是緩緩移動到看似出口的門邊，接著壓下門把，可文風不動。

對於房門呈現反鎖的狀態我絲毫不感到意外，很明顯我就是被人綁到了這種地方，想必也不會讓我太自由。

但我不過是一個普通的上班族，是能跟誰結怨？誰需要這麼大費周章地把我移動到這來監禁？

還是什麼病態暗戀我的同事把我囚禁在這？如果是這樣的話，我倒很樂意。

腦中的胡思亂想到這結束，既然門是鎖上的狀態，我便彎腰趴在地上，想從底下的門縫確認外頭，看能不能看出什麼端倪。

但從縫隙不大的門縫中，只能依稀辨別外面好像是條長長的走廊，其他什麼也看不清楚。

所以我果斷放棄，重新起身，決定先找找這房間有什麼東西。

首先打開冰箱就令我震驚，裡頭食物充足，罐頭、飲料、麵食、餅乾、水、泡麵都有。

不過也讓我注意到這冰箱並沒有插電，裡頭的食物也不是屬於有時效或是要冷藏的，看樣子是把冰箱當作儲藏食物的空間罷了。

不過我再次環顧，這裡沒有廚房、沒有熱水壺也沒有開罐器，這樣子泡麵和罐頭要怎麼處理？

就在此時我注意到，自己身上的衣服並不是睡前的居家服，而是白色的襯衫和卡其色長褲，甚至還有皮帶，光腳的我也注意到床底下放著球鞋與襪子，我立刻穿上。

我身上的衣服也被換過了，為什麼要幫我換這種奇怪的搭配？可是就在我看了一眼胸前的口袋時，驚奇地發現，上頭居然繡有徽章，這是怎麼回事？

等等，這怎麼看起來……

我立刻往盥洗室的方向跑去，打開了外頭的燈，站到洗漱臺面前，從上方的鏡子看見自己……我以為該是我自己。

鏡子反射出來的，是一個濃眉大眼的男孩，皮膚細緻又白皙，頭髮有些凌亂但並不蓬鬆，我伸手摸上「自己」的臉，對，是我沒錯，但長相卻不是我！

很快的我發現，身上穿著的衣服並不是什麼正式服裝，而是高中制服。

我終於看清自己的模樣，也看懂了口袋上的徽章，和上方繡著的名字。

海岸高中——向淯。

一見到這幾個字，我整個驚恐地捂住嘴，差點因為震撼過大而再次腿軟，連忙扶住一旁的牆壁。

深呼吸幾次後，再次看向鏡中的自己，接著踏出盥洗室，來到門邊，從門把的下方摸去，果然摸到一個小孔。

我忍不住嘴角一揚，但隨即又落下，一股沉沉的壓力落入心中。

接著我轉身走往那看似什麼也沒有的書櫃，是倒數第二層還是第三層呢？

沒多少猶豫，我伸手往第三層木板下方摸去，一片平坦。那就是第二層了。

果然，摸到了一個反黏的鑰匙，我將膠帶撕了下來，拿著這銀色的小鑰匙再次往門的方向走去，並把小鑰匙往門把下方不起眼的鑰匙孔一插。

喀啦。

門鎖如願打開，按下了門把，我再次深吸一口氣，做足了心理準備……其實也不需要什麼心理準備，我的外表都不是我的臉了，況且還在這樣的地方，我還需要多少事情才能確認？

摁下門把，我將房門往屋內拉，果不其然看見的是一條略微彎曲的走廊，而地上是深灰色的地毯，走廊兩邊每隔一段距離，便會有一扇門。

站在走廊，可以聽見每間房間傳來的呼救聲音。

「外面有沒有人啊？」

「這裡是哪裡？為什麼要把我鎖在這？」

「你們是要錢是嗎？我很有錢，把我放出去，我不會報警。」

此起彼落的聲音從各個門後傳來，而我並沒有停下，眼睛快速掃過眼前的所有門扉。

「果然……包含我的，共有八扇門。」

最後，我停在走廊盡頭，那有扇紅色的鐵門，是通往外面的路。

上面沒有門把也沒有門鎖，只有最頂端的通電裝置，以及一個倒數時間的電子設備，綠色的燈光正顯示著：**一百四十四小時**。

「這種事情有可能嗎……」我忍不住喃喃自語。

「外面有人嗎？救救我們！」

「要怎麼打開這個門？」

「幫幫我！」

再一次的，每扇門裡面都傳來呼救。

我知道這扇門要如何通電打開，所以我直接推壓右邊算來一個手掌左右的牆壁，這有隱藏機關，牆壁因此往下凹去，左邊則開啟了一個小小的隱藏蓋子，裡面有個紅色按鈕，但是按下去並沒有反應，不過這也在我意料之中。

我深吸一口氣，確定了一件事情。

那就是，我居然來穿越到了自己曾經看過的犯罪小說——《死亡倒數》之中！

＊＊＊

若要用一句話介紹我自己，那我還真不知道要說什麼。

大概就像一般人一樣，幼稚園、國小、國中、高中、大學按部就班地念完，接著當兵然後開始工作。

我唯一的興趣，就是看網路小說。而會看到《死亡倒數》這本小說的原因也很有趣，因為主角的名字和我一樣。

是的，我本人的名字也叫做向淯。

最神奇的是連字都一樣，況且「淯」這個字並不常見，所以當初看到時覺得非常驚喜，就這麼看了下去。

這部犯罪小說雖然只是網路小說，但是劇情刺激且不拖戲，讓我一口氣追到當初的最新進度。

可是後來這作品就沒有更新了，所以我並不知道兇手到底是誰，也不明白大家被集結到這的原因。

我忍不住嘆氣，怎麼別人穿越到小說都是戀愛或是宮廷，而我就是犯罪小說呢？這不是開玩笑的，會死人的啊。

而且我記得故事中死法血腥，共有八個人被關在這裡，需要解謎、合作與逃脫，最後才能解開通電的門。

雖然我看過小說沒錯，也大概知道劇情發展，問題是細節我不記得，就連在看解謎過程時，我也是快速跳過並沒有深刻理解。

有些穿越劇情，主角到了小說之中都還記得詳細，也會展現出超乎常人的智力，但我完全不行啊！就是那種回到過去也無法改變任何歷史的廢物。

我是平凡的人，就是在恐怖電影中很快就會被殺死的路人，連臉都不會被拍到的那種龍套角色。

這一定是搞錯了，穿越就已經夠扯了，還穿越到犯罪小說之中，有沒有這麼衰的！更慘的是我還不記得詳細的劇情，只記得個大概。

等等，印象中，主角向淯好像會受幾次傷。

我頓時覺得絕望，因為小說是使用第一人稱，所以能保證主角一定會活到後面。但誰知道結局會不會被作者賜死，要穿越也等我看完結局再來穿越啊，真是！

雖然我大概也不會記得詳細……但至少會知道兇手是誰，這樣子就能在一開始把兇手殺掉，大家也就不會死，我也不會受傷……

不過就算真的知道兇手是誰，我有辦法動手殺人嗎？

看犯罪小說刺激沒錯，但身臨其境又是另一回事，要是生命真的遭受到威脅的時候，我有辦法反擊嗎？

我只是一個平凡人啊！

再者，如果我死掉是真的就死了，還是能回到原本的世界？又或是回到小說的楔子重新開始？那當我企圖改變小說內容時，會不會有什麼奇怪的定律，而導致我再也回不去現實或是死亡呢？

不過這或許是杞人憂天，眾多的穿越小說都改變了走向，獲得更好的人生，如果把作者比喻為神，那我們這些角色就是人類，他寫的劇情就是命運，那所謂人定勝天，我們是可以改變命運的。

這麼一想後，我總算寬心多了。

首先，我要做的人定勝天第一步，就是得先把房間裡頭的人放出來才行。

在此慶幸我對於開頭還挺印象深刻，印象中要到第二天才有人發現鑰匙就藏在書櫃下，出來後也是由他來告訴大家。

所以我走到他的房門前，用力敲了幾下。

每個人都聽到了敲門聲，瞬間安靜下來，下一秒所有人大喊：「有人嗎？」、「快放我們出去！」、「這是怎麼回事啊？」等話。

「鑰匙在書櫃倒數第二層的木板下方，沿著摸就會摸到，用膠帶反黏！然後鑰匙孔在門把的下方，一個小小的洞，這樣就可以打開門了！」

我對著走廊大喊，裡頭的人一聽到，有部分的人馬上行動，而有少數人還在鬼叫，要嘛聽不懂，要嘛沒在聽，就是吼著要我們放他出去。

大概知道這是哪幾個角色。

每本小說總是有那種白目的角色，沒貢獻又最會添亂，如果發生什麼問題又會是第一個造反，還會搧風點火卻又牆頭草類型的。

好在我對每個角色的個性都還依稀記得，所以應該還能夠避免陷入混亂的局面吧！

而即便有我直接告訴大家答案，第一個打開門的依然是原版的《死亡倒數》中第一個開門的男人。

「謝謝你。」他推了眼鏡，斯文的外貌看起來雖有些慌張，但並沒有失了儀態，身上穿著高檔的三件式灰色西裝，頭髮整齊地往後梳起，看起來十分得體。

不過我怎麼覺得他有點眼熟，不是那種「這就是我想像中的小說角色的長相」的眼熟，是他整個人我彷彿就在哪裡見過一樣。

「啊！終於開門了！」另一扇門砰地開啟，一個穿著制服套裝的女人走了出來，她濃妝豔抹，身材妖嬈，我內心馬上知道她是哪個角色。

但一樣的，我注意到她的長相也十分眼熟，這是怎麼回事？

「這裡到底是哪裡？」另一個中年男子暴躁地踢著門，最後才發現是要用拉的，惱羞成怒地走出來，還用力踢了一下門。

他渾身名牌，頭髮禿了一半，勞力士手錶晃動著，典型財大氣粗的類型。

但是一看到他，我真的差點叫出聲音。

這是怎麼回事，我明明在小說的世界不是嗎？

那為什麼現在出現的這三個人，卻都是我現實生活中認識的人呢？

我想起來眼鏡男是誰了，他和我讀同一所高中。而濃妝豔抹的空姐，是我出社會後合作廠商裡的員工。眼前的中年男人，則是以前某所公司的主管。

明明我自己的外貌變成了完全不同的樣子，可是其他角色為什麼……

「外面有沒有人啊！我這門為什麼打不開！快幫我！」另一個女人在屋內尖叫，而這時候有一個穿著水手服的女孩打開了房門，直接先往那女人的門方向走。

「妳不要著急，先去書櫃那邊，那有鑰匙，不要擔心，很快就能出來的。」那女孩輕聲說著，而我渾身起了雞皮疙瘩。

她抬起頭轉過來，與我對眼，我抑制衝過去抱住她的衝動。

因為這些年來，我一直都好想她。

古子芸，我的鄰居姊姊。

我會對《死亡倒數》這本書有興趣，除了是因為向湇這名字和我一樣外，還有就是古子芸這名字和姊姊一樣。

這種巧合令人有些發毛，不過看過小說之後，逐漸被故事內容所吸引，也就漸漸淡忘名字的巧合。

如今，在這再次見到古子芸這角色，而她的臉蛋又如同我記憶中的姊姊一模一樣，讓我想起了當年那段回憶。

小時候，我是所謂的鑰匙兒童，當時我和父母住在一棟公寓四樓，每當放學時，我總會背著書包一個人徒步回家。

幾乎每位同學都有爸媽或是阿公、阿嬤來接，只有我拿著鑰匙，自己走回家。

沒辦法，父母都要努力工作，才有辦法賺錢養我。

這是他們告訴我的話，我也總是會這樣安慰自己。

但事實上並不是這樣，畢竟，不是每個人都適合當父母的。

但現在重點也不在他們身上，而且鄰居姊姊。

那時候我唯一的光芒，就是住在我們對面的鄰居姊姊，古子芸。

我和鄰居姊姊第一次說話是我忘記帶鑰匙的那天，當時年紀太小，也不知道該怎麼辦，只能背著書包坐在一樓的機車上等父母回來。

經過的人很多，鄰居們來來去去，一樓的鐵門開了又關，但大家都只看我一眼，沒有多問什麼。

「那是四樓的……」

「哎呀，那一家的小孩嗎？」

「真可憐……」

不曉得他們在可憐什麼，而且如果要講人家壞話，至少也別讓我聽見吧！

我記得我當時滿滿怒氣，也覺得丟臉，但又無處可去，所以只能繼續坐在這，承受大家的目光。

「你在這裡做什麼呢？」這時候，古子芸姊姊出現了。

那時候的她是大學生，穿著牛仔褲和簡單的鵝黃色襯衫，一頭長髮捆在後腦，臉上戴著圓形的眼鏡。

我沒有回答，只是靜靜地看著她。

「忘記帶鑰匙了嗎？」古子芸姊姊問。

我點點頭，而她拿出鑰匙打開了鐵門。「家裡沒人嗎？」

我再次點頭。

「不然你到我家等到你爸媽回來吧？」沒想到古子芸姊姊如此提議。

就這樣子，那是我和姊姊第一次說話，從此以後便時常去她們家玩，在父母不在的那段時間，唯有姊姊是如同光般的存在。

「請問，你是怎麼知道書櫃下面有鑰匙？」眼前的古子芸將我的思緒拉回現實。

她的長相如同大學時代的古子芸姊姊一般，可是身上卻穿著和小說描寫一樣的高中制服。

而這句話，在最原始時，她是詢問第一個走出房門的鄭一濬，也就是那位穿著得體的西裝男。

「妳怎麼知道是我？」

剛才明明都待在房間之中，一開門又有兩個男人，怎麼能準確知道是我？

「聽聲音啊，很明顯，我對聲音很敏感的。」古子芸理所當然地說，是呀，我差點忘記這是她的人物設定了，除了對聲音很敏感外，她還有另一項優勢。

但此刻因為古子芸頂著姊姊的外表，讓我頓時有些失神，不過雖是姊姊的外型，但她露出的俏皮表情是姊姊不會有的。

「么壽，這什麼鬼地方！」就在我分神之際，一直在鬼叫的中年女人終於打開了門，她穿著一般的居家服，而我刻意打量一下她的身上有沒有口袋。

「你不要這個大聲，會嚇壞我家寶貝。」另一扇門也打開，略微肥胖的男人抱著一隻栗色博美狗，所有人被狗的出現給融化了，古子芸還過去想要摸摸牠，卻換來狗的吠叫。

「哇！」

「不要隨便亂摸，沒有禮貌！」微胖的男人嫌惡地看著古子芸，這反應讓大家覺得有些錯愕，畢竟下意識以為他會對漂亮又年輕的高中女孩和顏悅色。

「這個門好重，請幫我推一下。」但這時候傳來了弱小稚嫩的聲音，所有人一愣，往最後一扇未開啟的房門看去。

「我來幫妳。」鄭一濬立刻上前推著門扉，接著一個綁著雙馬尾的小女孩走了出來，她穿著白色洋裝，手裡還抱著小熊娃娃，十分單純可愛。

大大的眼睛驚恐地看著每個人，然後輕輕地對鄭一濬說：「謝謝。」

「居然還有小孩子……」中年大媽低聲。

「什麼喪心病狂的人會把我們抓到這？」財大氣粗的人一邊吼，一邊拿著手帕擦著額頭，不斷冒汗。

我們八個人站在這面面相覷，而如我所預料的，鄭一濬站直身體，對大家發話。

「對於我們為什麼會到這裡，大家有什麼頭緒嗎？」

在《死亡倒數》的開場到目前為止都一樣，除了鑰匙改成是我發現的以外。

接下來每個人會做簡單的自我介紹，共通點就是醒來在這個地方，且全身倦怠，像是被下過藥。

對於為什麼會出現在這，大家都沒有頭緒，不過每個人的確都懷著不為人知的祕密。

根據我對《死亡倒數》依稀的印象，每個人物都有其光輝與陰暗一面，有些角色遭遇某些事情才會黑化，有些角色則是太過善良才會死亡。

而我知曉大概的劇情，也多少記得死亡的順序。

要是能阻止第一個死亡的人，那或許就能改變走向。

想到這我忽然一頓，怎麼忘記最重要的一個原因？

我一直糾結自己來到小說之中以及走到結局會是如何，卻忘記這篇小說一直沒有更新，所以它是一個沒有完結的故事，有沒有可能只要我們最後逃了出去，就是故事的結局，那無論中間怎麼樣發展都沒關係，因為它本來就是「未完成的作品」啊！

在小說完成以前，前面的章節都可以修改不是嗎？

也就是說，無論是怎樣的結局，都是屬於《死亡倒數》的結局。

想到這我忍不住勾起希望的微笑，這樣我要做的事情就很清楚了！

我要改變的第一件事情，就是阻止他的死亡。

「那由我先開始自我介紹，我叫做鄭一濬，今年二十七歲，在行銷公司上班，今天有應酬，所以我喝了點酒，打算在車上等酒醒所以瞇了下，接著醒來就在這了。」

如同小說一樣，他率先做了自我介紹的開場。

《死亡倒數》中有個麻煩的地方，就是寫作手法採用第一人稱，所以很多事情「讀者」都是不清楚的，只能從「主角」的眼光與喜好去看待每個角色和線索。

我記得向淯在此刻對鄭一濬的印象不錯，甚至認為他是可以帶領大家的領導者。

只是在我眼中鄭一濬的外表則是我同所高中的別班同學，是個無藥可救不良少年，以欺負人為樂，總是帶著狂妄的笑容，還會在學校抽煙打架，和眼前彬彬有禮的鄭一濬除了皮囊外，沒一點相像，真是矛盾啊！

「我叫古子芸，靜文女中高二生，我最後的記憶就是從補習班回家後在客廳吃宵夜完不小心睡著，然後醒來就在這……我覺得自己好像被下藥了，醒來的時候頭昏腦脹，身體也不太舒服。」

古子芸的外型就是我的鄰居姊姊，不過古子芸比姊姊還要更多表情、個性也比較外向些，在小說設定中是善良但非聖母的角色。

毫不意外的，她是原著小說中的女主角，所以是絕對可以信賴的人之一。

不過這也是我的猜想，畢竟也有很多作品到最後才發現主角是壞人。

「剛剛謝謝妳幫我開門，哎呀，哪像其他那些人啊……」每次開口都是抱怨，每一件事情都需要別人幫忙，且認為理所當然的自私型代表，就是眼前這位中年婦女。

她的身材有些微胖，卷卷的頭髮用鯊魚夾綁起，身上穿著居家服與脫鞋，東張西望的打量每個人。「我是高淑君，年齡是祕密，一般的家庭主婦，在幫先生準備下酒菜的時候一個閃神，就這樣。」

「啊，我是羅小旻，這就是本名喔。然後看我的制服也知道我是空姐，我本來正飛在大西洋的上空呢，我正在休息室睡覺，結果醒來就在這了。」

她的話讓所有人倒抽一口氣，還瞪大眼睛，而我則面無表情。

羅小旻見到所有人瞠目結舌的樣子，不禁噗嗤一笑。「哈哈哈，我開玩笑的，哪有這麼超自然的現象啦！我就只是剛飛完回到家，在客廳休息一下，醒來就到這了。」

「這一點都不好笑！」高淑君氣得紅起臉。

「我是看大家好像很嚴肅，才想說開開玩笑緩和氣氛呀，別這麼認真嘛！」羅小旻的個性不是太正經，還帶有點冷嘲熱諷。

「搞什麼鬼，你們之中是不是有得罪什麼人，才會害我被抓來？」抱著博美狗的男人吼著，他懷中的狗也跟著吠叫中。

「奇怪欸，幹麼說我們，你自己就沒問題嗎？」高淑君不太爽，雖然她自己沒講，現階段也還沒表現出來，不過她討厭狗，所以連帶的她也討厭那男人。

「我一直都待在家裡！所以根本不會招惹誰！一定是你們這些人的錯！」

胖男……他的名字叫做陳文彥，名字平凡到一生中一定會認識一個陳文彥的那種平凡，加上個性偏差，當初我看小說還以為他會第一個死。

「你叫什麼名字？」財大氣粗的中年人問。

「我為什麼要講，我有自己的隱私！」陳文彥的設定就是不合群又意見多，而且他一開始不會講自己的名字，不過我看過小說，所以我知道，科科。

順帶一提，陳文彥的外型是我大學參加網聚時認識的網友，同一個公會打遊戲的，我們在公會聚餐見過幾次面。

「隨便你，社會有你這種人，臺灣未來真的要完蛋了！」財大氣粗的中年人就如同我前面說過的，外型是我某間公司的討人厭主管，是個愛丟黑鍋給屬下背又愛搶功勞的混蛋。

「那你自己叫什麼怎麼不講？」陳文彥反駁，他懷中的博美只要他大聲講話，就會跟著吠來幫腔。

「我叫林天益，很明顯看得出來我是個事業成功的男人吧？」林天益搖晃著他的勞力士手錶，又拉了下他的名牌休閒服。「商場上誰沒得罪過人？但我光明磊落，樹大招風也是難免，所以為什麼會來這裡？不知道！我和客戶吃完日本料理回家的路上，在車上睡著了，醒來就在這！」

「那不就擺明你司機有問題？」陳文彥大聲說話，他的狗也再次跟著叫，真的非常的吵，讓我有點頭痛。

「那不是我的司機，那天我喝了酒，是臨時找代駕司機，我根本不認識。」

林天益不滿自己的司機被汙衊，因為那代表他沒有識人的眼光。

「哼！」但陳文彥才不管，他只是想反駁罷了。

就在我還在腦中分析大家小說裡的個性時，所有人的視線移到我身上。

「換你了。」鄭一濬提醒我。

「啊，我叫向湑，三十……不對，是十七歲，我是海岸高中高二生，社團結束後回家躺在床上睡著，醒來就在這。」我印象中向湑就是這樣子說。

「三十？」然而冰雪聰明的古子芸沒有忽略掉我剛才講出自己真實年齡的話。

「講錯了。」一時間我也想不到什麼藉口，所以只好聳肩。

「你是要講自己三十幾歲？」煩人的聰明二號鄭一濬接著問。

「我看起來像嗎？」我兩手一攤，慶幸自己現在是向湑的外型。

不過這時候又有個問題了，為什麼周遭的角色都是我現實中認識的人，可是唯獨我自己本人卻不是我的長相呢？

這一切真是太奇怪了。

「還是我們有什麼共通點嗎？電視不是都這樣演？一群看似陌生的人忽然被集結到一起，一定有什麼共通點的。」古子芸很快地把話題切入重點。

「共通點……海岸高中和靜文女中都是臺北的學校，我也是臺北人，你們其他人呢？」這一邊的發展和小說劇情一樣，都是由鄭一濬來整理規劃所有線索。

「但是我不是臺北人耶。」高淑君說了她所在區域，林天益也說了自己來自中部。

「但你們是在臺北生活嗎？」鄭一濬接著問。

「這倒是……」高淑君低聲。

「都同區域的人不是很合理嗎？不然跨區抓人？這麼大陣仗？」陳文彥翻白眼。

但此刻我內心覺得這一些都不重要，最重要的是要阻止他的死亡，而若要阻止他的死亡，就必須得先找到那樣東西才行。

好在剛才每個人逃出時都沒有關上房門，否則這房門可是會自動上鎖，要有本人的指紋才有辦法進去，不過這件事情也要等一會兒大家才會發現就是了。

我率先往高淑君的房間走去，她驚慌地喊：「你做什麼？」

但是我閃過她的阻攔，溜進她的房內並朝浴室走去。

「做什麼！你要做什麼！」她跟了進來要阻止我，可是林天益已經跟在我屁股後，並擠開了高淑君。

我打開馬桶蓄水箱的蓋子，裡頭放著一把刀。

「！」所有人大驚，而高淑君臉色慘白。

今晚，她原本會用這把刀，殺掉他的。

所有人都驚恐地看著我手中的那把刀，並不是剁肉的那種大刀，但也不是切水果的小刀，就是一把剛好符合女性手掌大小的鋒利陶瓷刀。

「這是怎麼回事，為什麼會有刀啊？」陳文彥發出鬼叫，懷裡的博美也在叫，高淑君皺眉咋舌。

「還給我！那是我的！」她伸手想搶刀，但我立刻把刀高舉，她怕刀下無眼劃傷了她，所以並不敢輕舉妄動。

可是林天益很快地把高淑君用力往後一推，也不在乎她是不是女性，她的背就這樣狠狠地砸到門上，這是我始料未及的。

「妳有刀？是想做什麼？妳要殺人嗎？為什麼要藏起來？」林天益大吼，驚慌寫在他的臉上。

「不要打人！請不要打人！」這時候一直都沒出聲的小妹妹發出尖叫，一副泫然欲泣的模樣。

「小孩在這邊，你們冷靜一點。」羅小旻連忙阻止，擋到了高淑君面前，瞪著林天益看。「還有你，再怎樣都不該對女人動手吧？」

「什麼東西，女權主義嗎？她藏著刀欸！難道我不能率先懷疑她的危險性嗎？」林天益身材魁梧，那模樣看起來十分嚇人。

不過羅小旻並不害怕，她不畏懼地瞪回去，反倒讓林天益有些退縮。

古子芸扶起有些暈眩的高淑君。「不管怎樣，先動手就是不對。」

非常「善良」的說法，好吧，她還是有點聖母情結在。

「等一下，你為什麼會知道那裡有刀？」沒想到陳文彥會發現這問題，他抱著狗躲得遠遠。

我把刀拿在手上，瞬間所有人退後，看著我的眼神變得奇怪。

「我不會傷害任何人。」我舉起手，慢慢把刀放到地上。「這把刀也不該存在，我們被困在這不該有可以傷人的武器，不然會失去秩序的。」

「我認同，那這把刀該怎麼處理？」鄭一濬問。

「等一下，你沒有回答，為什麼會知道那裡有刀？」陳文彥警戒著我。「而且剛才告訴大家鑰匙在哪的也是你吧？為什麼你會知道這麼多？」

他的疑問讓所有人帶著懷疑的目光，哇嘞，我沒想到自己會變成被懷疑的對象。

而且在原本的小說設定中，陳文彥雖然偏激，但明明是個遲鈍的傢伙啊！

「你就是幕後主使者吧！那種有錢人的變態遊戲，把大家聚在一起，然後自己也混進來的那種！」差點忘了他還是個阿宅，是個看很多犯罪影集的想太多鍵盤柯南。

「陳文彥，你先冷靜一點，我不是……」

「你怎麼知道我的名字！」陳文彥驚恐地大叫，所有人瞬間離我一段距離，帶著不信任且恐懼的眼神看我。

而楊千莫立刻撿起放在地下的刀，並把刀對著我。

「我叫什麼名字？」楊千莫拿著刀的手並不顫抖，她的雙眼甚至還帶著些許興奮。

「我怎麼會知道妳叫什麼名字，剛才還沒輪到妳自我介紹啊，乖，小妹妹，拿刀很危險喔。」我說著違心之論，真的沒想到自己會這麼不小心。

楊千莫似乎還在考慮，最後她決定地放下刀，然後哭了起來。「人家好怕！爸爸、媽媽！哇……」古子芸連忙抱住她。

這演技真是厲害，我忍不住讚嘆。

但林天益很快撿起刀，這一次換他對準我。

「快說！你為什麼會知道？」

「好好好，你們冷靜一點，我會解釋，先冷靜！」我趕緊舉起雙手，可不能現在就被殺死啊！我怕痛也不想死！

「先別衝動，聽他講。」鄭一濬叮嚀。

「不要命令我！」林天益吼回去，但也沒有動手。

「首先，我很喜歡玩密室逃脫，所以在房間醒來後發現門打不開，習慣性地到處搜尋一下，就找到鑰匙了。你們自己也有摸到，鑰匙藏的地方並不難，就算我不講，你們一定也很快就會找到，然後告訴大家的不是嗎？」

第一個回答的解釋大家買單，我接著又說：「其次，你們仔細回想剛剛大家說的話，每個人都是睡著後來到這，身上也都是當下穿的衣服對吧？」

所有人點著頭。

「可是陳文彥卻帶著狗來了，為什麼？」

「你不要扯到我身上，你怎麼會知道我的名……」

「你先回答我！」我對他大聲，陳文彥一愣，所有人也看向他。

「你就說吧。」羅小旻皺眉。

「我、我平常就都跟茶茶待在房間，我們會一起睡覺，所以……怎麼知道醒來就在這……」陳文彥低聲說完。「所以，這跟刀子和我的名字又有什麼關係？」

真是急性子啊他。

「而剛才高淑君說她是在準備下酒菜時閃神就到這了對吧？這怎麼會合理？就像羅小旻說的，這又不是什麼超自然現象，怎麼可能醒來就在這？我們都是睡著以後不知道被什麼人帶來這裡的。」

「對，我剛才就覺得這位淑君阿姨在說謊，所以才故意說我從大西洋來，但我發現大家都沒覺得不對勁，所以只打算自己安個心眼。」羅小旻聳肩。

「不要叫我阿姨！」高淑君氣呼呼地說，一邊按壓著自己的肩膀，被捧那一下可不輕啊。

「這！如果妳發現不對勁的地方，就應該要告訴大家！」林天益強調。

「為什麼呀？你們自己沒發現的耶！」羅小旻嘟嘴。

「妳……」

「大家本來就會沒發現很多東西，不分享怎麼有辦法逃出去！」古子芸喊話，林天益只是冷笑。

趁他們注意力都在羅小旻身上時，我緩緩地往門邊靠，偷偷撕下黏在上面的一張小標籤。

確定沒有人看到後，我才阻止他們吵下去地喊：「先聽我說。我知道高淑君在這件事情上說謊，所以才比較注意她，然後在大家自我介紹時我發現這個。」

然後舉起那張自黏性標籤，上頭印著「**小東商店陶瓷刀一二〇〇**」。

「小東商店只有南部有，而來自南部的只有高淑君，如果陶瓷刀的價格標籤會在這裡，那我合理猜測刀也會在這裡，我只是碰運氣進來找，沒想到就找到了。」

這一段我當然是亂講的，不過在《死亡倒數》之中，在高淑君用了那把刀殺了他以後，的確是由鄭一濬找到這張標籤並進行剛才我所說的推斷，才知道高淑君帶了把刀過來。

「我、我藏起刀子，只是為了保護自己啊！」高淑君捂住自己的臉，跪地哭喊。「你們都沒有看到那個本子嗎？」

賓果！

我就是要她說出這句話，才能帶到為什麼知道陳文彥的名字，而又不會讓人起疑。

第二章 謎團

「你們都沒有看到那個本子嗎？」

這句話讓所有人一愣，先回應的是鄭一濬。「本子？什麼本子？」

高淑君先是捂住嘴巴，但很快又看了林天益手中的刀子，他對著她喊：「快說啊！」

「阿姨，就請您說吧，現在這種情況，我們一定要團結才行呀！」古子芸哀求地說，但卻換來高淑君的狠瞪。

「不要叫我阿姨！我還生不出妳這年紀嘞！」看來無論是幾歲、也無論對象是誰，年齡對女人來說都是禁忌。

「好了啦，姊姊，別這麼大的火氣啦。」羅小旻訕訕地笑著。「就說清楚就好啦。」

原本有著刀的高淑君是最有利生存的，卻因為莫名其妙的原因導致被沒收。

可是，如果她不說出來的話，最可疑的就會變成她了。

「那本子……就放在書櫃最下層。」高淑君不情願地說出。

「下層？」鄭一濬立刻跑到高淑君房內的書櫃那彎腰找尋，果然在最底下的夾層中發現一本小本子。

封面材質是暗紅色牛皮，看起來有一些些陳舊，裡頭的紙張泛黃，頁數並不多。

大家好奇地湊過去，陳文彥還是抱著他的狗躲在遠處警戒。

而當本子打開時，裡頭的東西讓所有人大吃一驚，居然寫著每個人的名字和性別。

「怎麼會有這種東西！」林天益大驚失色，手中的刀子差點掉落。

「天啊……」楊千莫低語。

「這是什麼噁心的變態玩法嗎？」羅小旻臉色發白。

「每個人的房間應該都有，我也有。」我順著話說。

事實上的確每個人的房間都有這本子，只是每個人的寫得不太一樣。

高淑君的這本只有簡單寫著所有人的名字與性別，而我的那本沒記錯的話，應該是姓名和職業。

楊千莫那本寫的是姓名、年齡。羅小旻是姓名、興趣。鄭一濬是姓名、弱點。古子芸是姓名、優點。陳文彥是姓名、厭惡。林天益那本則是姓名和生日。

雖然乍聽之下是些沒用的情報，不過在《死亡倒數》原著裡頭，可是到幾個人死了以後才知道每個人都有一本這簿子呢！

畢竟這東西要是全部集結在一起，很快就能知道誰在說謊。

「我也是看了這本子才知道陳文彥的名字。」我一邊說一邊回到自己的房內準備拿出本子，所有人聽聞後也回到自己的屋子中找尋。

我鬆了一口氣，暫時度過第一個難關。也趁這空檔稍微思考一下這小說我是看到哪了。

嗯，依照原本的劇情發展，鄭一濬很快會發現門會自動上鎖，並要大家不要鎖門。

在小說裡大家都認為那樣是最好的方法，才不會產生嫌隙，於是每個人都照做了。但是高淑君就在第一天晚上拿著刀子殺死了——

「妳居然最討厭狗！」陳文彥氣沖沖地拿著他房間的本子跑了出來。「所以妳可能會對我的茶茶不利？」

「你、你說什麼啊！你有什麼證據？」高淑君結巴。

她當然不會承認啦，陳文彥直接打開他的本子，幾乎每個人也都跑出了房間。

在陳文彥的本子上清楚寫著，高淑君痛恨狗，恨到曾經毒死家裡附近的流浪狗。

「這什麼東西！根本亂寫一通！亂栽贓！」高淑君大吼著。

確實，現在沒有證據，光憑本子上說的厭惡狗這件事情，並不能證明什麼。

但在原本的小說中，高淑君趁著半夜，把茶茶從陳文彥的房間引出來後並用刀殺死，而後那把刀也再次被藏到馬桶水箱之中，所以並沒有找到兇手，一直到之後才在鄭一濬發現的那張自黏標籤寫著「**小東商店陶瓷刀一二〇〇**」上，找出誰是擁有刀的人。

而同時，在原著因為不關門睡覺的第一天晚上，那隻狗，也就是茶茶被殺死了，導致大家的信任破裂，最後在搜尋高淑君房間時大家發現了那本子，也立刻回到屋內找尋自己的本子，可是並沒有彼此分享。

就這樣嫌隙越來越多，人也越死越多。

然而現在進度超前，茶茶也沒有死了，唯一要摧毀的就是那把刀，只要沒有兇器，就不會自相殘殺了！

「我看一下。」

在我腦內小劇場的時候，鄭一濬來到陳文彥身邊看了他的本子，翻到了他自己的那一頁，寫著：『鄭一濬，最厭惡犯罪。』

「這是真的！你這一本寫的是大家厭惡的東西嗎？」鄭一濬驚訝喊，引來了大家的注意。

「我看看！」羅小旻也跑來，她的上頭寫『性騷擾的人』。

「大家的本子都寫了些什麼？我們一起分享吧！」古子芸邊說邊拿出自己的本子，而我也拿了出來。

嗯嗯，很好，只要這樣的話就皆大歡喜了！

「我沒有本子。」結果楊千莫忽然說，這讓所有人大驚。

「怎麼會？妳找過了嗎？」古子芸立刻來到她身邊，蹲下身詢問。

楊千莫無辜地點頭，大眼睛中還淌著淚水，沒想到她會來這招。

「不介意我們進去找找看吧？」鄭一濬對小女孩非常溫柔，而楊千莫點點頭，一夥人便進到她的房間。

每個人的房型都是一樣的，來到書櫃前鄭一濬蹲了下去，摸索了半天並沒有找到，而我則是往垃圾桶走去，想當然耳是全空的。

會藏在天花板嗎？我抬頭看，天花板是一整片完好的，並不是輕鋼架的那種，所以也沒辦法藏東西。

難道也放在馬桶的水箱嗎？

正當我要往廁所走去的時候，楊千莫卻喊住我：「哥哥，怎麼了嗎？」

「喔，我只是看看。」我被嚇了一跳，想著要用什麼理由才能打開水箱。

倒是林天益衝了進來，直接打開水箱看，而裡面什麼也沒有。

「怪了，為什麼就她沒有？」林天益的胸前放著他自己的本子。

想了想，那本子或許也藏在楊千莫的身上，而沒有理由去搜她的身。

罷了，反正我知道她本子裡寫的是什麼。

「好吧，那我們大家把自己的本子拿出來，統一線索吧。」鄭一濬放棄了，走出房間。

大家都聚在走廊，而陳文彥一直瞪著躲在角落的高淑君。

他們不會知道我救了一隻狗，但想到這，我便思考著。當初在茶茶死掉之後，第二個死的就是高淑君了，沒錯，就是被知曉真相的陳文彥給活活掐死。

如今，茶茶沒有死，那高淑君還會死嗎？

每個人將自己的本子攤開放在走廊中央的地面上，少了楊千莫該有的年齡那本，但對我來說也不礙事。

總之簡單的統整內容如下：

向湞，七月十日，喜歡打手遊，厭惡念書，願意幫助人，害怕死亡。

古子芸，六月十日，喜歡念書，厭惡不公，願意解決問題，害怕死亡。

羅小旻，五月十日，喜歡美食，厭惡性騷擾的人，不會說謊，害怕死亡。

高淑君，四月十日，喜歡八卦，厭惡狗，很會做菜，害怕死亡。

林天益，三月十日，喜歡賺錢，厭惡沒錢，每個月捐款，害怕死亡。

陳文彥，二月十日，喜歡打電動，厭惡人群，愛狗，害怕死亡。

鄭一濬，一月十日，喜歡動腦，厭惡犯罪，頭腦很聰明，害怕死亡。

楊千莫，十二月十日，喜歡可愛的東西，厭惡感情話題，長得很可愛，害怕死亡。

當這些訊息一一攤在大家面前的時候，所有人很快都發現共同點。就是每個人的生日，還有害怕的東西。

「這上面寫的都是真的嗎？」古子芸皺眉。「我的部分是真的，但其他的人就……」

「每個人都害怕死亡這點很籠統，有人不怕死的嗎？」羅小旻扯了嘴角。

「它說我優點是不會說謊，這樣是不是在誇獎我？」

「說我的優點是長得很可愛……」楊千莫呢喃，感覺不出來情緒。

不過把這一項當做優點，確實讓人有點傻眼。

「這些本子寫上我們的資料，卻沒什麼用處，但也好在沒什麼用處。」鄭一濬一邊說著，一邊將所有本子還給當事者。「我們現在來解決另一件事情。」

目前進度超前，已經和小說不太一樣了，對於鄭一濬會怎麼處理刀子的事情，我十分好奇。

「我想大家也都知道，當有武器的時候，關係就會失衡，不能考驗人性。」

鄭一濬非常聰明，在所有人都還保有理性的時候，說出了這樣的話。

「我贊成。」古子芸舉起手，而羅小旻則聳肩。

「所以什麼意思？」林天益倒是把刀抓得死死的，不過他並沒有攻擊傾向，暫時看起來只是自保。

「我也沒有要傷害人……我只是拿著自己的東西……」高淑君依舊在角落低喃著。

「嗯，我也贊同，只要有武器就會有嫌隙。」我站了出來，陳文彥瞪著高淑君，緊緊抱著茶茶，不發一語。

「那要把刀子藏起來嗎？」楊千莫食指放在嘴邊，歪頭天真說。

「不行，藏起來太麻煩，光是要由誰來藏、藏哪裡就是一個問題。」鄭一濬說道，而我也同意。

「那這刀要怎麼辦？」羅小旻問。

我記得原著小說中，這把刀奪去了不少人的生命，最後是拿在主角手裡，而主角並沒有使用……對，我有印象的地方，就是那把刀是在主角手上。

要一把刀就這樣憑空消失並不容易，況且刀雖然是危險的武器，但也有機會可以使用在有幫助的地方。

「不然這樣吧？刀子由每個人輪流保管？」陳文彥提出意見。「刀在誰那，大家都知道，要是發生什麼意外，大家也知道是誰做的。」

乍聽之下是個還不錯的方法，但要是有人中途發瘋，忽然砍殺大家呢？

「我覺得更好的方法是，把刀子放在一個大家都能看到，但卻不好拿的地方。」古子芸邊說邊食指往上指，大家跟著往上看，只見到白色的天花板與燈飾，不明白她的意思。

「把刀子用膠帶黏在天花板上，這高度若是沒有兩個人合作的話是不可能碰到的，而每個房間都沒有椅子，所以一個人要拿刀是不可能的。更別說若是企圖用跳的來拿刀的話，有可能會有被劃傷的風險。」古子芸說的方法雖然聽起來有點可笑，但仔細想想，也是一個不錯的方法。

「那如果刀子就真的不見了呢？」陳文彥說：「像是有人合作的話。」

「不然就是大家睡覺不要關門，這樣有什麼聲音都能聽見，也就不會有人會半夜在那邊拿刀。」林天益提議，但很快換來女生們的抗議。

「不可能！還是要基本隱私。」

「而且不關門要是有人闖進來呢？」

「我們都不認識，要我不關門睡覺做不到。」

女孩子們都反抗，想想也是，這提議實在太白痴了點，除去性別問題，也是個人安全的關係。

「汪汪！」茶茶叫了兩聲，在陳文彥的懷中扭動。

「牠想上廁所了。」陳文彥邊說邊抱著狗往他的房間去。

「就不要尿得到處都是……很臭。」高淑君低聲碎念著，大家多少都聽見了，但沒人回應。

總之，最後在沒有更好的方法之下，大家同意把刀子黏在天花板上。

由鄭一濬在下，而我坐在他的肩膀上，再由古子芸遞給我們剛才已經先用刀子割好的膠帶，牢牢地把陶瓷刀黏在天花板上。

從下方抬頭看，就是一個被透明膠帶纏死死的物體，乍看之下還真不知道是什麼。

總算先解決掉至少會殺死兩人一狗的刀子了，這下子就是時間了。

「我一直想問，那個是什麼？」縮在角落的高淑君指著走廊尾端的紅色鐵門，上頭原先一百四十四小時，現在已經變成一百四十一了。

「寫著小時，不就是時間嗎？」羅小旻輕哼。「但真奇怪，怎麼只有時沒有分跟秒？」

「一開始時間是一百四十四，也就是六天。」鄭一濬果然也早就注意到。

「它是在倒數嗎？倒數什麼？」楊千莫緊張地問。

啊，差點忘記，這個小女孩的外型是我租屋處隔壁的妹妹，遇到她的時候總是會很有禮貌地問好，是被父母疼愛的孩子，那種金湯匙的類型吧。

「倒數開門的時間嗎？」高淑君立刻問，而我亮了眼睛，她說對了一半耶。

在原版的小說中，發現倒數意義的人是林天益，而且他當時猜對了全部。

這本小說的書名叫做什麼？

《死亡倒數》

一百四十四，是倒數死亡的時間。

到目前為止，發展都和小說不太一樣，這是一個好兆頭，不錯不錯。

「我看過很多漫畫，這種倒數的數字通常都不是什麼好事。」陳文彥帶著茶茶在自己房間浴室上完廁所後走出來。

「週年慶或是開幕典禮也會倒數啊。」羅小旻雙手環胸，還死鴨子嘴硬。

「怎麼不說炸彈也會倒數。」陳文彥又堵一句，大家噤聲。

值得慶幸的，不是炸彈，當然也不是什麼開幕典禮。不過都有同工異曲之妙就是。

「大家先冷靜一點，不要那麼悲觀。」鄭一濬如往常出來精神喊話。

「說實話被困在這，要樂觀也不容易。」羅小旻咬著指甲。「話說回來，我還是有個疑問，到底是誰有這麼大的本領，把我們從家裡這樣帶出來？你們高中生一定都還跟家人住的吧？難道家人不知道？你們沒人住在有警衛的高樓層嗎？」

我疑惑了一下，這句話怎麼這麼陌生。

在原版的小說裡面有嗎？

不過我也不是記得每個臺詞，或許剛好這一句我沒印象吧。

畢竟有時候看小說會跳著看，忽略掉一些細節也是在所難免的。

「我是和家人一起住沒錯，而且我住在十五樓，有警衛也需要門禁卡，實在不太可能會有人闖入把我帶走……」忽然古子芸臉色一凜。「該不會我的家人都遭到不測了吧！」

她的這一番話，讓其他有和家人一起住的都露出驚慌的表情。

「還有一件不合理的地方，高淑君，妳原本騙說妳是在幫丈夫準備下酒菜忽然來到這，真實狀況呢？」鄭一濬問。

「就、就是我在睡覺，然後手握著枕頭下的刀而已。」高淑君老實說。

「為什麼枕頭下要放刀？」林天益詫異。

高淑君不打算回答，只是依舊縮在角落，看著別的地方。

「姑且當這位阿姨說的是真的……」羅小旻說，馬上再次換來高淑君的嚷嚷：「我不是阿姨！」

「反正，」羅小旻加大音量。「每個人都是在睡覺的時候被帶來，我覺得這一點非常奇怪，假設我們去掉有人闖入家中強行帶走這點可能好了，那就是神祕的超自然力量把我們帶來，像是瞬間移動那樣！」

我愣住，這段話我絕對、絕對沒有在小說裡面看過！

等一下……在小說裡面……沒有任何角色質疑過這一點！

明明這麼明顯的 bug 我卻沒想過，印象中網路留言也沒任何讀者討論，這不太合理啊……難道是我忘記了嗎？還是當時我漏看了？

「向淯，你還好嗎？」古子芸的手在我眼前晃，我趕緊回神。

「沒什麼，我只是在想，我爸媽是不是也沒事。」印象中向淯住的地方也是有警衛的大樓，有人闖入這點實在不合理，但是在《倒數死亡》裡，所有角色在確定完高淑君是怎麼來到這裡後，就沒有其他的聯想與問題了。

「如果你們要說把我們帶到這裡的是超自然現象的話，那現在囚禁我們的是鬼嗎？」林天益肥胖的臉頰扭曲，楊千莫則抓緊了古子芸的衣角。

「這個空間像是人為的，但把我們帶來的方式真的不太合理。」鄭一濬一手摸著下巴。「兩種可能，家人也遭遇不測，或是家人與他們串通。」

「覺得都不太可能。」古子芸看起來不相信自己的家人會如此，我也不信向清的家人會這樣，我印象中在小說裡，向清的家人非常……

一些奇怪的畫面從我腦中閃過，像是在漆黑的密閉空間中，恐懼不已的自己。

「嗚……」我蹲了下來，感覺到頭痛劇烈，雙手貼在太陽穴的兩邊，發出低沉的聲音。

古子芸和楊千莫蹲到我旁邊，她們的手在我的肩膀或是背上，好像在問我「還好嗎？」，可是我聽不見她們的聲音，像是從好遠好遠的山頭傳來，回音在我的腦中無限放大，彷彿具體化為漩渦一樣將我捲入。

「向清！你還好嗎？」忽然身體被猛然一晃動，原先飄浮到空中宛如斷了線的風箏般的靈魂就這麼墜入身體之中，那劇烈的疼痛也隨即消失，不曾存在過一般。

我愣愣地看著大家，所有人臉上都驚恐、疑惑，有些人圍在我旁邊，有些人離得很遠。

「你沒事吧？」古子芸擔憂的臉在我面前，讓我想起了姊姊，頓時眼眶一濕。

「沒事。」但我趕緊低下頭，不讓大家注意到我的眼淚，我站起來拍拍自己的膝蓋，用開朗的聲音對大家說：「我其實身體有點不舒服，剛剛忽然暈眩，沒事。」

「不要嚇人好嗎？」高淑君嘖了聲。

「嗚汪！」茶茶也叫了。

「我記得好像有常用藥？」陳文彥抱著狗跑回自己的房間，又拿了頭痛藥、胃藥、感冒藥出來。「在這，抽屜裡都有常用藥。」

「謝謝，你留著吧，我會拿我房間自己的藥。」陳文彥的舉動讓我非常訝異，因為在小說中他是自私又多疑的人，不可能把珍貴的藥物給我才對。

這讓我對陳文彥改觀了，同時也擔憂了一點。

我想改變小說發展，好讓死亡事件不會發生。但當我改變了這麼多以後，故事會走到哪個方向，又是我可以控制的嗎？

「我覺得肚子餓了……」楊千莫捂著自己的肚子，小聲地說。

所有人面面相覷，無論處於什麼樣費解或是不可思議的狀態中，人都還是會感受到肚子餓，這還真是可悲。

「就讓我來煮飯吧。」一直縮在角落的高淑君終於走上前，陳文彥立刻抱著茶茶往後退，看起來還是不能對高淑君降低戒心。

「妳……妳會煮飯？」羅小旻詫異。

高淑君皺眉。「沒禮貌，好歹我也是家庭主婦，況且我們家是開自助餐的。」

啊，是啊，在現實中，高淑君的外型是我以前租屋處附近的早餐店老闆娘，她非常和藹可親，和高淑君完全不同。

「我想先問問，為什麼妳睡覺時枕頭下會放著刀子呢？」鄭一濬回到這個問題。

高淑君哼了聲，看著大家不信任的眼神，嘆了氣說：「好啦，我老實說，我枕頭底下會放刀的原因，是因為我原本決定那天晚上要殺了我老公，所以才會握緊刀。」

「殺……！」林天益立刻往後退一步。

喂喂，這個內容，怎麼也是小說中沒有的啦！

高淑君雙手環胸，面部有些抽搐，說話的聲音有些顫抖：「怎樣，不能殺老公嗎？」

「什麼問法……當然不能殺啊，殺人耶，那是犯罪的！」羅小旻簡直傻眼。

「所以妳就是危險人物啊！我就說怎麼有人帶刀！妳本來就打算要殺人，妳也會殺掉我們！」陳文彥大聲吼叫，連帶他的狗也跟著一起狂吠。

其他人都下意識遠離高淑君一點，她瞪大眼睛，手指深陷衣服之中，大喊著：「我等到今天才殺他已經很好了！結婚這二十年來他怎麼對我拳打腳踢、把生不出孩子的錯都怪到我身上，明明醫院檢查出來就是他無精症……沒關係，這些我都忍下來了……可是他卻染指了我的妹妹，還用強迫的方式……我無法接受……才會在枕頭下放刀，打算解決掉我長年來的不幸源頭。」

所有人面面相覷，而我最為訝異。

高淑君在《死亡倒數》中很快就領便當，後面也沒有詳細敘述她的故事，瞬間她從砲灰變成了立體角色，讓我覺得有些詫異。

不過也是，若更動了劇情，角色並沒有死去，那勢必她後來還是有鏡頭，也會提到她的人生才是。

但我好奇了一件事情，在小說中沒有出現的人物背景，是作者在一開始就設定好了嗎？連一個很快就領便當的角色也會設定好人物性格？有這麼敬業？

同時，一種怪異的感覺又油然而生。

若是故事中從來沒出現高淑君的人物背景故事，那讀者對於她為什麼會帶著刀，來到這密室都沒有任何討論？

這該是重要的劇情才是，而作者沒解釋，讀者也沒有反應？

「向湞，你又發呆了。」古子芸來到我身邊，歪著頭有些疑惑看著我。

「啊，回神了嗎？」說完後一笑。

明明是姊姊的臉，但卻不是我熟識的那個姊姊，這種心情十分複雜。就像現在我看著所有人，都不是我認識的那個人，卻又頂著我認識的那張臉。

我再次必起眼睛，深吸一口氣。

我在小說的世界裡。

他們不是我真正認識的人。

我要想辦法回到現實世界。

但首先我不能在這死去。

做好了這樣的心理建設後，我再次張開眼睛。

「你怎麼了？」古子芸帶著擔憂的雙眼看我。

「沒什麼，我只是在想事情。」我一個微笑，然後深吸一口氣，決定暫時放下一些關於對《死亡倒數》的不解之處，專心在眼前才是。

「你在想什麼呢？」意外的是鄭一濬詢問我：「你總是有驚人的觀察力，說出我們沒能注意到的事情。」

呃，我有嗎？

回想一下，嗯，好像還真的有。

事到如今，就把原劇情拋到腦後吧。

「扣掉我們可能真的是超自然的能力來到這裡，有一件事情不知道大家有沒有發現。」我現在要說的，是《死亡倒數》中就有提到的事情。

所有人注意聽著，並靠向了我。

「大家在被帶到這裡來的時候，身上穿什麼樣的衣服，手裡拿著什麼樣的東西，就會同步一起到來。陳文彥帶了茶茶，高淑君帶了刀子。」我特意停頓，並且看了每個人一眼。「我想大家一定都有帶些什麼過來吧？微不足道的小東西也行。」

既然故事已經不按照原版小說來走，那我想知道，我們能走到什麼地步。

背後的藏鏡人會提早出現嗎？

是的，這種故事最後千篇一律，就是有錢人的無聊遊戲罷了。

他們在另一處觀看著這充滿監視器的密室，在我們每個人身上下了賭金，看誰最後能夠獲勝。

然而他們也賭另一種，就是誰先死亡。比起勝利，對於死亡順序他們的賭注更大，這也就是為什麼書名會叫做《死亡倒數》的原因。

「所以大家都有帶東西過來嗎？為什麼不老實說？好像帶刀的我是壞人一樣！」高淑君大叫著：「我除了我老公以外，誰都不會殺啊！」

「如果妳真的那麼恨妳老公，為什麼本子上面寫的是狗，不是妳老公？」陳文彥還真是跌破我的眼鏡，我記得在小說裡他明明沒那麼精明啊。

「我怎麼會知道！」高淑君回，而我也不知道，畢竟在小說裡頭，只會知道高淑君討厭狗。

「我認為不要盡信本子裡的東西，畢竟那些東西是把我們綁來這裡的人所給的，誰知道是真是假。」林天益說完後走進去他的房間，然後拿著紅酒瓶和高腳玻璃杯出來。「我在車上的時候，也繼續在喝酒，所以跟著我來的是這些。」

「這也能當武器吧？」羅小旻皺起眉頭，看著所有人，而大家都輕輕點頭。「我帶來的東西是化妝包，回到家後我一邊在整理東西就不小心睡著。」

「我是……」古子芸正準備要說，我則拉住她的手腕制止，動作輕得應該是沒任何人看見。

而她雖懷疑，但也沒馬上反問我的行為。

只見羅小旻從她的房間拿出了化妝包，並且走出來拿出裡頭的一樣東西——修眉刀。

「而這，也能當做武器是吧？」羅小旻如本子所寫的，誠實無比。

「難道……」鄭一濬一愣，立刻跑回自己的房間，其他人則都站在原地。

我看著楊千莫也一臉天真又無辜地站在原地，便開口問她：「妳帶了什麼東西過來呢？」

她搖搖頭。「千莫什麼都沒帶來。」

我記得在小說之中，她帶了把剪刀，而在小說中她也是說謊。但這次不一樣了，別想騙過我。

「那讓哥哥進去看看好嗎？」

「可是……」楊千莫咬著唇，眼珠子左右轉著，有些不安。

還想說謊啊！

「我帶過來的是這個！」鄭一濬這時候正好從他房間跑出來，手裡拿著的是一串鑰匙。

而那串鑰匙上有著瑞士刀、小型開瓶器，很明顯的，也是可以當做武器的東西。

「所以每個人都有武器？那為什麼只把我的刀子貼在天花板上？還給我！」高淑君尖叫著。

「不是每個人都有武器啊！」陳文彥抱緊他的茶茶。「我就只有帶著狗過來，沒有其他東西！」

「狗也是武器！」高淑君比著那可愛的博美犬，像是看著怪獸一般瞪圓了眼珠子。

「牠是沒有殺傷力的博美！算什麼武器！」陳文彥也回吼。

「不可否認牠有尖牙，但也不可否認牠不會造成致命的攻擊。」鄭一濬擋在兩個人中間。

「千莫妹妹，那妳的東西呢？」我刻意蹲下身，用大家都聽得到的音量問。

她雙手抓緊著身上的裙襬，咬唇低頭的模樣看起來好像被欺負一般。

「我、我沒有武器……只有一隻熊熊。」

「啥？」我以為自己聽錯，她在講什麼，什麼熊？

她小跑步的回到自己的房間，然後就抱著一隻熊娃娃走出來。「我只帶了熊熊來……」

這怎麼可能！

楊千莫是帶了剪刀！不是熊娃娃！

《死亡倒數》裡也沒出現過熊娃娃！

這是怎麼回事！

「熊娃娃呀，真是可愛呢。」羅小旻彎腰摸了摸楊千莫的頭，後者微笑著抱緊了熊娃娃。

「那向淯帶的是什麼？」陳文彥把話題轉到我身上。

「我沒有帶東西。」我兩手一攤，因為小說之中向淯真的沒帶任何東西過來，他就單純睡覺而已。

「我不相信。」

意外的這句話是鄭一濬說的，這讓我睜圓眼睛。

「為什麼？我沒有說謊。」

「雖然目前還不知道我們為什麼會一起被帶來這裡，但我們每個人都有一些共通點。」鄭一濬靠向我。「像是本子、鑰匙位置、武器等每個人都有，我想這個地方在某個程度上，一定讓我們維持著公平。」

「不是吧，武器的話，那隻熊娃娃能算武器嗎？」我立刻反駁。

「可以悶死人。」楊千莫輕聲地說，接著歪頭微笑。「所以這也算武器吧？」

對於楊千莫突如其來的陰森話語，讓所有人都有些驚訝，但我倒是不意外，畢竟楊千莫的個性本來就是心機鬼。

這一點在小說中我可記憶猶新，記得當時看到楊千莫露出本性時還很訝異呢。

「但只是要悶死人的話，枕頭也可以啊。」林天益的話倒也是真的，熊娃娃算不上什麼武器。

「所以說，只是剛好睡覺時手上都有東西，才會一起帶來，不見得是武器。」我對這一點很堅持。

「如果這樣的話，讓我們看看你房間應該沒關係吧？」鄭一濬不知道為什麼，忽然對我警惕了起來。

「我問心無愧。」但我站直身體，直視回去。

就這樣，一群人跟著進到了我房間，我靠在牆邊，讓他們隨意的看。

古子芸並沒有加入他們的行列，而是來到我身邊，輕聲的問：「你為什麼不讓我說？」

「我沒有，只是要妳等一下。」

「你知道我帶著來的是什麼嗎？」她壓低聲音著，並假裝彎腰檢查我旁邊的矮櫃。

「我知道。」我說，但忽然間又不那麼肯定了。

畢竟《死亡倒數》中並沒有出現熊娃娃，但這裡卻出現了。

「我這邊什麼都沒找到。」帶著楊千莫的羅小旻聳肩，走到了我們身邊。

「我也沒看到。」林天益只是隨便一看，大概不想弄髒手，所以沒有伸手去翻找。

陳文彥把茶茶放到地下，想讓牠當神犬聞聞看有沒有什麼隱藏的東西，但什麼也沒找到。高淑君則因為茶茶在地下亂走，所以站在房間角落沒有移動。

「我就說我什麼都沒有。」我對著不死心還在找的鄭一濬說，但正彎腰看床底下的他卻僵住身體，接下來伸手往裡頭撈。

「有東西嗎？」羅小旻好奇，我們幾個也都靠過去。

鄭一濬摸了一陣子後，從地上爬起來，而他手裡的東西令所有人倒抽一口氣，我則瞪大眼睛：「不可能！那不是我的！」

「為什麼要把武器藏起來？」鄭一濬鐵青著臉，而他手裡的，正是一把鋒利的汰金工業用剪刀。

我立刻看向一旁的楊千莫，這剪刀原本是她的，現在到我這裡不可能也不合理，然而她卻一臉天真又無辜地看著我。

怎麼回事，她是什麼時候偷跑進來我房間，又把剪刀放在我的床底下？

「好啊！每個人都有武器，結果卻要沒收我的刀，你們太過分了吧！」高淑君在一旁抗議著。

「相比之下，刀是最危險的東西。」羅小旻不耐煩地說。

「我認為最好把武器全部集中起來，以免有什麼問題。」林天益提議。

「開什麼玩笑？要我把茶茶和那些危險東西放在一起？」陳文彥立刻彎腰抱起狗。

「啊你不是說狗不危險？」高淑君嗤之以鼻。

「妳不需要挑我語病，我不想和妳說話。」陳文彥狠瞪對方。

「向淯，你還有什麼要說的嗎？」鄭一濬認真地問我：「你為什麼要隱瞞剪刀的事情？」

我深吸一口氣，堅定又緩慢地開口。「我知道我說什麼你都不會相信，但是我真的不知道這把剪刀哪來的，我過來的時候，什麼都沒有帶。」

「你想說是有人陷害你嗎？」鄭一濬說。

「我不會這麼說，但我記憶中真的沒有帶這把剪刀來。如果我存心隱瞞，那我就不會讓你們全部進來搜，還那麼白痴放在床底下這種容易被找到的地方。」

我的話讓鄭一濬認真思考著，而我則斜眼看著楊千莫的臉。

她依舊是那無辜又帶著些微恐懼的模樣，演技逼真的我都要相信她真的不知道了。

「如果還是不相信我，這把剪刀交給你……或是任何人保管都可以。」我釋出了最大的誠意。

「……我不是針對你，但我們說好了誠實。」鄭一濬把剪刀反過來，將握柄面對我。

「我發誓沒有說謊，我真的不知道這剪刀哪來的。」我沒有伸手拿。「我說真的，可以把會傷人的武器都收起來，不要讓我們之間有嫌隙。」

「不，我想每個人都該有防身的武器才行，不是懷疑大家，而是不知道會遇到什麼事情。」鄭一濬說了令人意外的話。

在小說之中，他們是到了後期才發現其他人也有利器。

也是，一般來說，身上有防身用具時，都不會想到拿來傷人，而是保護自己才是。

「那可以把刀子還給我了吧！」高淑君大吼。

「妳能發誓保證不會用刀來傷害我的茶茶嗎？」陳文彥不安心。

「不會不會！把你的狗收好就好！」高淑君雖不甘願，但還是這麼說。

我看著鄭一濬沒有收回的剪刀，原本的向清沒有任何武器，而現在能獲得防身用具，這也是好事一件。

於是我拿了剪刀，回頭看了楊千莫，原以為會見到她因為陷害失敗而悔恨的臉，可是卻看見楊千莫僅僅只是平淡地看著。

這真是……奇怪……

怎麼完全和我預想中的不太一樣？

「快點把刀還給我！」高淑君吼著，部分的人回到走廊上，準備拿下天花板上的陶瓷刀。

「等等，古子芸的東西是什麼呢？」忽然羅小旻停下腳步，轉頭看了古子芸。

而古子芸下意識看了我一眼，欲言又止。

「我的是……」

第三章 死者

「妳為什麼要看向湑一眼？」

由於這一眼實在是太明顯，楊千莫立刻詢問。

也因為問得太過急迫，所以她忘記扮演單純天真的孩子身分，只喊了我向湑，沒喊向湑哥哥。

不過這種地方雖然每個人都發現了，倒也不會有太大的反應。

人在遇到怪異的事情時，其實都能憑直覺馬上發現，可是卻不會做出後續反應。

也就是說，要等到楊千莫真正的身分被揭曉後，大家才會恍然大悟地說道：「難怪當時她會這樣。」

就是一種後知後覺，以及安於現狀吧。

「嗯……」古子芸不是擅長說謊的類型，她有些慌張地轉著眼珠，看著每個疑問的眼神，唯獨不敢看我。

唉，事到如今，如果我不做點表示，好像也不行。

話說回來為什麼我該是先知的角色，現在卻變成像是被懷疑的角色？難道無論是現實還是小說中的世界，我都沒辦法過得順遂嗎？

「向淯，你聽到了嗎？」鄭一濬喊了我一聲。

「喔，這……」我抓了抓頭，看了古子芸說：「大家房間的門都沒有關，所以我有瞥到，她的枕頭底下有東西。」

「東西？」高淑君聽完立刻往古子芸的房間走去，而林天益也跟上，其他人猶豫一下也往裡頭走。

古子芸皺眉看了我一眼，不知道眼裡的情緒是什麼，也跟著往房間走。

我一邊走在後頭，一邊嘆氣繼續說：「我原本覺得那東西在這時候出現不太好，所以才要她別說。」

「這個是……！」高淑君從枕頭底下拉出一個黑色殼的機子，所有人見狀都驚訝萬分。

那是一臺智慧型手機，一旁還掛著小白鼠的吊飾。

奇怪，在小說中有吊飾的設定嗎？

「我在睡前正在用手機，就這樣睡著了，所以手機才拿著……」古子芸小聲說著。

而鄭一濬立刻上前查看，手機雖然正開機中，但並沒有訊號，也搜尋不到什麼。

「為什麼有手機不馬上說？這樣我們就可以求救了！」陳文彥責難，但是古子芸十分無辜。

「沒有訊號，等於沒有用。」林天益哼了聲。

「不，即便沒有訊號，也可以使用ＧＰＳ定位。」鄭一濬喜上眉梢，興奮地看向古子芸。「妳的家人一旦發現妳不見，就會馬上報警，警方定位妳的手機後，就能找到我們了！」

「這是真的嗎？」

「太好了！」

「我們要得救了，茶茶！」

所有人開心不已，甚至喜極而泣，只有我知道事態如何發展，以及古子芸有些躊躇。

「我……我和家人關係不太好……」

「再怎麼不好也會注意到妳不見了吧？」

「對啊，就算我常窩在房間，我爸媽也會來確認一下我是不是活著。」陳文彥補槍。

「我是自己一個人住……」古子芸咬著唇。

「高中生怎麼會自己住？妳不要騙人了。」林天益冷哼一聲。

「那個……」古子芸深吸一口氣。「我爸媽過世了，我不想給阿姨添麻煩，所以我才出來自己住，平常也不會跟阿姨特別聯絡，要等她發現我不見，大概也要兩個禮拜……」

兩個禮拜，就超過牆壁上倒數的時間了。

所有人頓時失去希望。

可是鄭一濬倒是不慌張。「妳的學校總會發現妳沒去上課吧？」

「對、對啊，怎麼忘記這一點！」

「學生沒去學校是很嚴重的事情，老師一定會聯絡的。」

「只要明天早上一過，就能等到救援！」

大家又開始興高采烈，我也呼了一口氣。

原先想隱瞞古子芸的手機存在，是因為手機後來會短暫有訊號，但對整體來說沒有任何幫助，而大家也會因為先前有茶茶與高淑君的死亡而發生內鬨，最重要的是手機之後有別的用途。

不過，既然目前已經改變了茶茶的死亡，也就避免了陳文彥會殺掉高淑君的情況。也算是結束了團體間的衝突與對立，希望這樣和諧的氣氛可以順著下去，不要有任何人死亡。

而在關於大家得知手機後的劇情發展，和小說一樣，差別只在小說中古子芸並沒有被向湇阻止，所以在剛才便主動說出有手機。

所以說，還是有些事情會和小說一樣囉？

那是什麼樣的狀況會走到原著的發展劇情呢？

在剛剛的過程中，我做了些什麼呢？

還是無論我做什麼，都一定會走到小說劇情？

「有手機雖然很好，但大家不要被模糊焦點了。」羅小旻忽然說道，雙眼看向我。「向淯，你真的太奇怪了。」

怎麼又回到我身上！

「剛才不是已經說了，我真的不知道剪刀哪來的。」我故意看向楊千莫。

「我們都沒有關門，一定是有人刻意把剪刀放到我房間。」

「最好是，大家都在這裡，你確定有人能在不被發現的情況下進去？」陳文彥不相信我。

「剪刀的事情你說謊，古子芸有手機的事情你讓她隱瞞，還有其他種種疑點，讓我們很難相信你。」鄭一濬分析著。

「你們懷疑我，我沒有異議，因為我並沒有可疑之處。所以我想，武器還是放在同一個地方比較好。」我兩手一攤。

「不需要這樣，我們各自拿著吧。」鄭一濬說。

「是啊，大家自己有個武器，也會比較安心。」

我們所有人都點頭同意了，就這樣子，才第一天，我就被眾人所懷疑。

晚餐時間，大家各自弄好自己的食物後，有默契地拿著椅子來到走廊，聚在一塊吃，古子芸坐到了我身邊。

「雖然不知道該不該這麼說，不過好像要說聲抱歉。」

「為什麼？」

「好像因為我的關係，讓你被懷疑了。」

「啊，不是妳的問題，是我自己太多行為可疑了。」我嘆氣。「但我不是什麼壞人。」

「我知道。」古子芸一笑。「一個高中生，是能壞到哪裡去？」

這句話讓我一愣，現實中的姊姊，也說過類似的話。

在我小學和人家打架，被別人的家長謾罵的時候，姊姊也曾擋在我的面前，對著那些大人們喊：「一個小學生，是能壞到哪裡去？」

在《死亡倒數》中，古子芸絕對沒有這樣的臺詞過，為什麼？

這裡和我的現實世界，究竟有沒有連結？

一道尖叫聲傳來，我朝聲音的方向奔去，卻不確定自己身在何處。

眼前的街景陌生又熟悉，可我想不起來在哪。我感覺到自己奔跑得飛快，卻注意到周邊景物有些模糊，而且周遭的人影都是黑色的，他們的動作似乎也慢了些。

我來不及意識到哪不對勁，已經看到一個人倒在地板上。

他一樣是渾身漆黑，而他的正前方站著一個人。

仔細一瞧，站著的黑影拿著一把刀，鮮紅的血從刀尖滴落，臥倒的人被鮮紅的血覆蓋。

有人在尖叫，有人在喊救命。

但我回頭，只見到重重黑影，他們朝我奔來，鑽入我的口中，那黏膩又濃稠的感覺讓我反胃不斷嘔吐。

可是卻沒辦法抑制往身體裡狂鑽的影子，那尖叫聲還在，而且越來越近。

我才發現是我的尖叫。

猛然睜開眼睛，我還好端端的躺在床上。

全身都是汗水，在一片漆黑中什麼都看不見。

我伸手往左邊的電源摸去，卻摸到冰冷的牆壁，才想起自己穿越到小說之中，所以我往右邊摸索，小心地下了床。

我喘著氣，剛才的夢到底是什麼？

眼睛習慣了黑暗後，我看著眼前闔起的房門。

我記得睡覺前，大家說好門和燈都開著，以防發生什麼意外，且每個人都擁有自己帶來的物品當作防身工具。

可是為什麼現在門被關上了？連燈也熄滅了呢？

我從床上起身，摸上了電源處，切換了幾下，室內一樣漆黑。

這有點奇怪。

我走到冰箱拿出一罐水喝了幾口，思考是否該走出去看看狀況。

但在沒有燈的情況下，會不會不太妥當？還是等其他人醒來再說？

況且沒有對外窗戶，也沒有時鐘可以提醒現在的時間，到底是半夜還是早就天亮了？

「有人醒了嗎？」

於是我決定先出聲看看，但並沒有任何回應。

想了想，我還是決定打開房門，看看其他人是不是也關上了門，還是有什麼別的原因。

當我準備打開房門時，門縫下灌進了一陣冷風，瞬間讓我寒毛直豎，頭皮發麻。

這是什麼樣的惡寒？我該開門嗎？

但我的手已經壓下門把，輕易地打開了門。

在這個瞬間，我忽然意識到，小說裡頭有停電的狀況嗎？沒有。

而眼前紅色的一百三十四燈光在黑暗中格外清晰，也格外清冷。

導致眼前的走廊彷彿都鋪上了紅色的血一般，昏紅地暈染著一切。

地板上，躺著一個人，而他的前方站著另一個人。

站著的人手上拿著刀，刀尖滴落著紅色液體。

「你是誰！」我大喊，對方停頓了一下，然後轉過頭。

即便轉過了頭，卻也看不清他是誰，是個渾身都是黑色的人，連五官都看不清楚。

刀掉落到了地上，發出鏗鏘的聲音，下一瞬間燈光忽然打開，強烈的光源讓我下意識用手遮擋並且閉上眼睛。

「啊——」

然後是跟夢裡一樣的尖叫，此起彼落的，我再次張開眼睛，看見古子芸蒼白的臉，以及羅小旻蹲坐在自己的房間門口。

所有人的臉色都很難看，鄭一濬甚至捂住了楊千莫的眼睛，而陳文彥的茶茶一邊吠叫，一邊用沾滿了鮮血的肉墊在周圍行走。

地上躺著的人，是高淑君。

她的身體被刀子戳得坑坑巴巴，像是玩具一般，沒一處完好。

鮮紅的血液將走廊鋪成了紅色地毯，染紅了一切。

「她、她死了！」林天益渾身顫抖，抓住他自己的門板。「誰殺了她！」

是誰殺了高淑君？

她怎麼會死？

在小說之中，她是被陳文彥掐死的啊！

然而如今卻是被人亂刀砍死，那把明顯是兇器的陶瓷刀，正好端端地插在地板上。

我剛才分明看見了有人，所以兇手是趁著燈開的瞬間，躲到了人群之中。

兇手，就在我們之中。

「到底怎麼回事，大家不是都在房間睡覺嗎？為什麼高淑君會在走廊上？」

「而且她被砍成那樣，怎麼可能沒有尖叫？」

「還有為什麼會停電？那把刀不是在她自己身上嗎？」
「她不可能自己砍自己，一定有人去她的房間拿刀砍她！」
「汪汪！」
「這樣為什麼她不是在她房內遇害，而是在走廊上？」
「難道是有人進去偷刀，她追著對方出來反而被殺？」
「我們會不會死啊。」
「這不就表示，兇手在我們之中？」
大家一陣七嘴八舌的討論，最後得出了如此結論。
瞬間，所有人都帶著恐懼以及懷疑目光看著彼此，在開燈的瞬間，所有人幾乎都站在自己的房門前，沒人知道是哪個人殺了人。
此刻，我們所有人都在高淑君的房間內，關上了房門，因為她的屍體就在走廊上，而誰也都不敢去處理，只能暫時在這討論。
「茶茶，你不要動來動去，我要幫你擦掉血腳印啊。」陳文彥一直在浴室洗著茶茶的腳掌。

「你們也都看到屍體的模樣了。」我開口，有些人垂下眼睛，有些人捂住嘴避免想吐，但大多數的人眼底都有著驚恐。

「為什麼會有人死了……」楊千莫喃喃著。

我握緊著拳頭，不懂為什麼全面失控，這已經不是《死亡倒數》了。

難道真的是因為我干涉了故事發展，才會導致如今走向新的局面嗎？

可是高淑君作為小說中第一個死去的角色，如今還是第一個死亡，是否這也表示無論我做什麼，死亡的順序也不會改變呢？

「屍體那種模樣……兇手不可能身上毫無血跡。」鄭一濬果然是聰明人，明白我要說的話。

「我剛摸了一下高淑君的屍體，還是溫的。」羅小旻語出驚人，沒想到她會敢去摸高淑君，不過她的臉看起來十分恐懼。「她才剛死沒有多久……」

「但是燈開的瞬間，所有人都站在房門前，這機率會不會太小了？」古子芸抱緊自己的膝蓋，嘴唇慘白。

「我是聽到向淯得聲音才出來的……」古子芸低聲說，甚至偷瞥了我一眼，似乎在擔心這樣說會不會害到我。

「我也是……」驚訝的是，羅小旻也這麼說。

依照房間的順序來講，她們的確是離我最近的沒錯。

「向湇，為什麼你會……」

「等一下，如果你是要說我很可疑的話，那就免了吧。」我立刻出聲制止鄭一濬。

「我很抱歉必須得這麼說，為什麼你會先走出來？」

「那我請問，除了古子芸和羅小旻是聽見我的聲音外，其他人又為什麼要出來呢？」

「我是出來找茶茶的。」陳文彥抱著茶茶，立刻出來澄清。「睡到一半少了一個溫暖的生物，讓我覺得很冷，所以我尋著茶茶的腳步聲出來。」

「我也是冷醒，聽到有動靜才走出來。」林天益乾脆地說。

「我是聽到那位叔叔起床的聲音，才跟著走出來。」楊千莫抱著她手中的熊娃娃。「而且晚上很冷，所以我也睡不著。」

「的確，剛才真的忽然變很冷。但現在又不會了。」鄭一濬說著。

「那想必你也是因為冷才醒過來吧？」我問他。

「沒錯，但我還聽到有人走路的聲音。」鄭一濬看著我，接著嘆氣。「我不確定我聽到的有沒有錯，因為只有一個人的腳步聲，所以我以為是誰出來走走，然後我才發現不對勁，我們睡前明明都有開燈不是嗎？但是一睜開眼睛卻是黑的。」

他們說的話非常奇怪，門都被關上的情況下，怎麼可能會聽見別人的動靜。但是每個人都說一樣的話，真是奇怪，不過每個人都有感覺到冷，可見氣溫下降不是我的錯覺。

「我看見了一個人。」於是我說，這句話讓大家瞪大眼睛。

「我做了惡夢，醒過來就發現燈怎麼是暗的，可是卻打不開，想說是停電。然後我發現房門也被關上，開門以後只見走廊亮著數字的紅光，而在高淑君的屍體前，站著一個人。」

「但是，我沒看清楚是誰，下個瞬間燈就打開了，而你們每個人都站在房門前。」

「房門關起來？我們沒關房門啊。」羅小旻說，而所有人點頭。

「那只有我的門被關起來了？為什麼？」

「你看到人？他站在哪裡？」鄭一濬問。

「就站在高淑君的腳邊。」

高淑君的屍體是背朝上的，右手放在頭頂邊，左手則在腿邊。而她的頭正對著門，腳則朝我房間的方向。

也就是說，兇手站的位置，曾經離我很近，可是我卻看不清楚他的臉。

「如果他站在那，要在開燈瞬間回到人群有點難，最近的就只有羅小旻和古子芸。」

「等一下，現在是懷疑我們殺人嗎？」羅小旻大聲抗議。

「但有一個問題——」我大喊，蓋過他們的聲音。「如果兇手站在高淑君的腳邊，那他的鞋子一定會踩到血，而且我看到時他還拿著刀，見到我的時候他才把刀丟下。」

「但是周圍除了茶茶的腳印外，沒有其他人的。」鄭一濬說。

「這就是問題。」我深吸一口氣，一種奇怪的想法蔓延。「你們有些人睡不好、有些人睡不著，那你們有人看到停電的瞬間嗎？」

「我一直醒著，所以有看到停電瞬間，就像一般停電那樣燈光熄滅了，然後就聽見走動的聲音，我就跟著下床來到門邊。」楊千莫舉手。「但我的門並沒有關上。」

「我的也沒有。」

「我也是。」

「只有我的門被關上，只有我看見兇手。」

「我很不想這麼說，但有沒有可能你就是兇手？」鄭一濬說。

我冷笑一聲。「你就是不會放棄懷疑我的任何機會，是吧？」

「是。但老實說，我懷疑每個人。」

「如果有人死的話，那兇手一定就在我們之中，誰都沒辦法信任。」陳文彥抱著茶茶往後退一步。「今天開始，或許我們還是都關起房門比較好。」

「贊成，我還想活命。」羅小旻舉手。

「哼！」林天益也同意。

古子芸看著我一眼，咬著下唇後也點頭。

「這樣也好，這也沒辦法。」我只能這麼說。「但外面的屍體還是該處理。」

「反正我不會去碰屍體，要弄你們去弄。」林天益如我所料第一個回絕。

「我也不要，我沒辦法用碰過屍體的手再摸茶茶。」陳文彥也說。

「你們這群男人真是沒用，我來。」羅小旻捲起袖子，看起來可靠極了。

「屍體放在她自己房間比較好，對吧？」

「我來幫妳。」古子芸也這麼說。

「女生就不用了吧，我來吧。」鄭一濬這位紳士上前，瞥了我一眼。「向淯，你和我一起吧。」

「呃……可以的話，我不想靠近屍體……」

我知道在小說中，最後是鄭一濬和向淯處理了絕大多數的屍體，但我本人可沒那心臟做這些事情啊。

「哈，不用不用，我們女生來就好。」羅小旻說完就打開房門。「等你們男生要等到民國幾年啊。」

古子芸扯了嘴角一笑，也跟著羅小旻出去。

唉，女生都擋在前面了，我繼續龜在這也不對。

「好吧，我們走吧。」

一踏出房門外，濃厚的血腥味就蔓延開來，高淑君的屍體倒臥在下，我們幾個人在身邊雙手合十祭拜。

「我抬頭，向湞你抬腿，我們把她搬進她的房間吧。」

「等一下，先讓我們出來！」林天益一手捂著眼睛並貼著牆，從高淑君的房間出來。

「你手上那是什麼？」鄭一濬比著他懷中的糧食。

「她都死了，糧食放著也是浪費，總是要拿出來吧。」林天益的解釋不無道理。

「我們剛才把東西都分成七份了，剩下的在屋內，你們自己去拿。」陳文彥抱著茶茶與他那份糧食，跑回他的房內並鎖上門。

「我幫你們把食物放到房間吧？」楊千莫探出頭，刻意避開地面上的血跡與屍體。「畢竟你們碰了以後……也不好拿食物吧。」

作為一個心機鬼，她還蠻有良心的啊。

「謝謝妳。」

就在楊千莫把我們四個人的糧食放到各自房間後，她朝我們鞠躬便回到她的房間，一樣鎖上了門。

頓時，走廊就只剩我們四個。

我看著地上那把刀。「兇器怎麼辦？」

「就和她的屍體一起放在她的房間吧。」

我們三個都同意鄭一濬的話。

所有人都回到了自己的房間並且關上門，只剩下我們四個人站在原地。

「那我們開始吧。」鄭一濬先是打破沉默，而我點頭後彎腰抬起高淑君的腿。

「等一下，我們要讓她面朝下的方式抬嗎？」

「不然呢？我可不敢看她的臉。」我說。

「也是。」鄭一濬同意，彎腰後抓緊她的肩膀，可是才一抬起，卻鬆手了讓她整個面朝下再次撞擊，發出了沉悶的聲響。

「哎呀！」

劇烈又沉悶的聲音使得羅小旻和古子芸唉叫了一聲，而鄭一濬傻眼地看著自己的雙手，喃喃地說道：「抱歉……這樣子不太好抓，我鬆手了。」

我也鬆開了抓著腳踝的手，雖還帶有點體溫，但明顯已經不是活人該有的溫度，讓我有些雞皮疙瘩。

「應該要反過來，正面朝上比較好搬運。」古子芸的聲音有些顫抖。

「……」

我們都沒說話，但卻同意這才是最好方法。

「啊，用、用她的棉被遮住就好，這樣也比較好。」羅小旻邊說邊跑回高淑君的房間，接著拿了純白的被套出來。

我們都覺得這是好方法，於是我再次彎腰，而鄭一濬也抓住高淑君的肩膀。

「一、二、三！」

抓好時間，一口氣把高淑君翻到正面，所有人都別開頭，只憑著餘光確定位置，羅小旻則將被單用力一拉，蓋住了高淑君的身體。

「呼。」大家鬆了一口氣，可是下一秒白色的被單卻被高淑君身上的血給染紅，看起來更加怵目驚心。

「我們還是快點抬進去吧。」鄭一濬說著，而我也趕緊點頭同意。

於是我們兩個往門裡移動，而羅小旻與古子芸兩人負責擦拭地上的血跡，隨後將那刀用布包起來，一起拿到了房內放在高淑君身旁。

我們四個人雙手合掌，對高淑君拜了一下，但我的心境很複雜，她明明是小說中的人物，不過外型卻變成了早餐店的老闆娘，這讓我覺得像是看到老闆娘死亡一樣。

話說回來，自從搬離那裡以後，我就沒有再回去過。等我回到現實世界，一定要去見見那位早餐店老闆娘，順便洗去我現在對她的最後記憶。

「你們覺得兇手會是那群人之中的誰？」羅小旻忽然問。

「不知道。但你怎麼能確定在那群人中？說不定我們之中也有可能。」鄭一濬有意無意看我一眼。

「你還在懷疑我？我真的不是兇手！」

「我會觀察。」

還觀察嘞。

「我會這麼說的原因，是因為電視不是都演，兇手看見受害者的屍體會害怕嗎？但我們四個都過來幫忙善後了，所以不會是我們。」

「向湇一開始很怕。」

「你還真是不死心。」我對鄭一濬咬牙切齒。

「我、我不認為向湇是兇手。」古子芸認真說道，這讓我一陣感動。「就如同鄭一濬所說的，高淑君的狀況並不好看，那血不可能沒噴到兇手身上，但是開燈的瞬間，我們大家都站在自己的房門……我認為，要不是兇手另有其人，就是鬧鬼了。」

「這兩點聽起來都亂毛的，但也很荒謬。」羅小旻搓著手臂。

我看過原版小說，除了高淑君是在大家面被陳文彥殺害的外，後面的角色死亡大多數都是偷偷被殺掉，有些甚至不知道兇手是誰。

但造就一切的幕後藏鏡人一定只有一個，依照寫小說的邏輯來說，兇手一定得是登場人物之一，否則若毫無伏筆，臨時冒出個角色當作是兇手，會引起讀者的抱怨。

所以不可能另有其人，因為在《死亡倒數》之中，已經到了幾乎是故事尾聲，依舊沒有尚未出場角色的跡象。

而至於鬧鬼……這更不可能了，《死亡倒數》並不是靈異小說。

「這不可能。」

「那你能解釋血跡嗎？」

「我當然沒辦法解釋。」我聳肩，鄭一濬用狐疑的眼神看著我，或許我還是別再說話得好。

「好啦，我們快離開這裡吧。」古子芸說著，我們四個人走出了房門，接著她順手關上房門。

這下子，屍體與兇器都被鎖在這扇需要高淑君指紋才有辦法打開的門後，至少確定了刀子這危險的器具，不會再被拿來傷害下一個人了。

「你們每個人從房間出來，都是聽到其他聲音嗎？」在走廊時我問，而他們三個點頭。

「那你們有聽到刀子掉落到地上的聲音嗎？」

「有。」

「就是有聽見了，你在講的當下才沒反駁。」鄭一濬推了下眼鏡。「如果你沒說謊，真的看見兇手的話，那他逃的速度太快，快到不可能。」

「我沒有說謊。」

「即便你說謊，你沒有看到兇手。那依照屍體溫度和血液凝固狀況，也剛被攻擊不久，兇手不可能在這麼短的時間處理血跡，又在漆黑的走廊不踩到血灘。」

我們三個都同意他的話。

「還有一點我很介意，為什麼高淑君沒有尖叫？」

「嗯，這也是疑點之一。」鄭一濬說著，我們陷入沉默。

「先回房間好好休息吧，有一個人遭遇不測，我看今晚是沒人會開門了。」羅小旻看著走廊緊閉的房門。

「嗯，那就這樣吧。」

＊＊＊

因為屍體的出現，所以第二個夜晚，每個人都關上了房門，而我則開始思考，兇手到底是誰。

依照我看到的劇情，最後還活著並且逃出這密室的人，分別是鄭一濬、古子芸、向淯、楊千莫。所以兇手就在我們之中……

但我忽然想到，依照小說套路，要是得夠震撼的話，兇手就是女主角這一點，似乎很有說服力。

難道……古子芸會是兇手嗎？

不，不可能，在小說裡頭看不到任何跡象。再者，就算古子芸真的是兇手好了，但在現在我所在的《死亡倒數》中，兇手的瞬間消失還是太離奇。

唯一可能就是，我眼花了，但……

算了，不想了，還是先睡比較實在，睡飽了，才有精神和腦力思考。

但當我睡去，卻再次見到一團黏稠的黑，但這一次沒有人尖叫，只有一個人坐在那裡，一動也不動。

我看不清楚對方是誰，渾身不明的劇痛，在我彷彿快要暈倒前，注意到有個人站在坐著的人面前。

他發現了我，回過頭，對我咧嘴一笑，而黑影的手上拿著破掉的酒瓶。

你……是誰？

我又做惡夢了，來到這裡的兩個晚上，都做了意義不明的奇怪夢境。

而且醒來以後，全身都會伴隨著疼痛，身體也沉重無比。

從床上起身後，我花了一點點時間，才意識到又處在黑暗的空間。

「又停電了？」

伸手摸上電源，瞬間燈火通明，並不是停電。我看向房門位置，也好端端地關著並沒有打開。

梳洗完畢後，我簡單弄了早餐……事實上也不知道現在到底是不是早餐，困在沒有窗戶的空間之中，對時間的概念會逐漸瓦解。

當我打開門的時候，發現所有人的房門依然緊閉，看來死了個人對大家來說打擊還是很大，不信任感也油然而生。

思考了一下，我還是決定扯開嗓子大喊：「各位，我是向淯，我想大家應該都醒了吧？」

我聽見茶茶瘋狂抓門的聲音，明白陳文彥應該醒著。

「不知道大家看過多少推理戲劇或是相關類型的電影？就算兇手真的在我們之中，只要我們都聚在一起，就不會有下一個受害者了。」

「你的意思是還會死人嗎？」陳文彥的聲音從他門後傳來。

「我不知道，但這種事情不是有可能發生嗎？想像一下我們看過的類似漫畫，通常都會一個死一個。」我決定把自己的人設定位成看很多漫畫的高中生，這樣子講出的猜測也比較合理，大概吧。

忽然古子芸的門打開了，她的臉色有些蒼白，不過看起來還是很信任我。

我也想相信她，不單單她是故事中的女主角，更是因為她擁有姊姊的外表，這讓我無條件地想信任著她，於是決定撇除自己昨晚天馬行空的想像。

「我贊同向湇的說法，無論兇手是不是在我們之中，大家待在一起都會比較安全。」

也或許是男女主角的設定關係，古子芸總是會第一個站在我這。

「用這種語氣說，彷彿兇手不在我們之中。」羅小旻冷聲一笑，也打開了房門。

「難道兇手在我們之中嗎？」這次是楊千莫的聲音。

「難道不在嗎？」鄭一濬打開了房門，他身上的西裝已經脫得只剩下襯衫，連頭髮都已經垂了下來，看樣子昨天洗過澡了。

不對，正常來講，本來就會洗澡吧。

倒是我，昨天有洗澡嗎？我怎麼會一點印象也沒有？

忽然碰的聲，陳文彥也打開了房門，他懷裡抱著茶茶，看起來十分緊張。

「那、那如果兇手就在我們之中，難道不是各自在房間比較安全嗎？至少兇手沒辦法把門打開。」

「是這樣沒錯。」我說。

「大家都開門了？」楊千莫輕輕拉開一個縫，見到每個人都站在房門前後，才把門稍微拉開。

「還有一個人……」羅小旻說著，同時我們所有人也看往緊閉的那扇門。

先別說林天益為什麼不開門，他甚至一點聲音也沒有，這讓我們所有人瞬間覺得不對勁。

但是，《死亡倒數》中的林天益並沒有這麼早死掉，所以我並不是太擔心。

「大概是睡死了吧。」我這麼說。

「我不認為他的個性會在這種情況下還睡得這麼熟。」鄭一濬說完立刻往林天益房間走去，不忘帶上他的房門，不讓人進去。

他的防備心還是在，這也是他能活到那麼後面的原因。

所以我也帶上自己的房門，古子芸見狀也這麼做，所有人來到林天益的門前，由鄭一濬率領，敲了林天益的房門。

「林先生，你在睡覺嗎？」

門內沒有反應，我們幾個對看一眼，鄭一濬加大音量，同時也加大力道敲門。

「林先生！請你醒醒，我們所有人都在外面，請你出個聲吧！」

依舊沒有人回應，這下子連我都緊張起來了。

「林先生！開門，請你開門！」

「怎麼回事？為什麼不來開門？」

「難道發生什麼事情嗎？」

大家開始慌張起來，茶茶也不斷吠叫。

嗶——

林天益的房門忽然自己打開了，所有人一愣，並不是由裡面打開的，反而像是什麼人斷電了這裡的門鎖一般。

我們面面相覷，最後鄭一濬推開了房門。

裡頭一片漆黑，沒有任何聲音，但從走廊的光源可以看見，林天益坐在房間的正中央。

「大叔，你在做什麼？」羅小旻顫抖地開口，但林天益一動也不動。

「叔叔？」楊千莫嬌小的身軀擠在我們之中，她似乎打算伸手開燈，但是古子芸卻拉住她。

「等等，不太對勁。」

所有人都注意到不對勁了，陳文彥倒抽一口氣，接連往後退好幾步，羅小旻也捂住嘴巴，而古子芸拉著楊千莫退到後頭。

鄭一濬看了我一眼後點點頭，我們心中都有底，於是我伸手按下電源。

燈光亮起的瞬間，我原本是想要別開眼睛的，但是滿地的血紅讓我頓時無法抽離視線。

林天益坐在椅子上，嘴裡被塞了許多碎玻璃，渾身染滿了血，源自脖子那條寬大的傷口。而他的表情十分驚恐，眼眶中滿溢著淚水，周邊全是鮮紅的液體。

「到底是誰這麼殘忍……」鄭一濬不忍，而我瞠目結舌。

林天益沒有這麼早死，但他卻死了。更令我驚訝的是，他的死法與小說中不一樣，地點也不同。

「這裡不是密閉空間嗎？誰能夠進去殺死他？」羅小旻站在門外顫抖，每個人的房門只要關上，就會自動上鎖，除非有本人的指紋才能打開。

然而林天益一個人在房間裡，卻被殺死了，期間沒有人聽見他的求救。

「他脖子上的傷痕，不知道是被什麼利器所傷，唯一的刀子在高淑君的房內啊。」鄭一濬喃喃。

「我確認過了，高淑君的房門是鎖起來的。」古子芸緊握著楊千莫的手。

「但是林天益的房門剛才不也是鎖著的？卻被打開了……是誰開的？」

「那還用說，不就是這場遊戲背後策劃的人嗎？」我握緊著拳頭，這裡有著監視器，但是《死亡倒數》中沒具體寫出監視器在哪，但想必一定到處都有吧。

「如果門能這樣被控制著開關，那我們關門也沒有意義了啊！」陳文彥失控地大喊。

「唯一的刀子並不是只有高淑君有。」我看向鄭一濬，所有人也想到了。

「你不是有把瑞士刀嗎？」

鄭一濬下意識地摸向口袋。

「把刀拿出來，讓我們看看吧。」

「為什麼要看我的刀？從屍體的切口看也知道不是瑞士刀。」

「既然如此，為什麼不能讓我看呢？」

鄭一濬冷笑了聲。「這是在報復我一直懷疑你嗎？」

「不是，對所有人保持懷疑是件聰明的事情，就如同我現在也對你的瑞士刀保持懷疑一樣。」

鄭一濬是個聰明的人，在小說直到最後我都沒懷疑過他是兇手，但會不會是這樣的人更有可能是兇手呢？

「哈。」然而我的咄咄逼人，似乎反而讓鄭一濬更為高興，他拿出放在胸前的瑞士刀交給我，上頭有著許多指紋痕跡，也有些髒，看起來不像是被清洗過。

而若他真的拿了這個刀傷人，那一定會清洗刀子。
「不是我吧？」
「也不是剪刀。」我知道他接下來會說什麼，所以把我的剪刀直接交出來。
「嗯哼。」他檢查過後還給我。
「你們兩個不要無聊了，這個傷口看起來不是刀子。」羅小旻不敢靠得太近，但還是瞥了一眼那傷口。
「怎麼說？」古子芸問。
「很像是用玻璃割開的。」我和鄭一濬異口同聲。
「什麼啊，你們都知道對方不是兇手，卻都在試探對方嗎？」楊千莫皺眉，驚覺不太對勁後又歪頭加上一句。「哥哥們好奇怪。」
楊千莫講話的人設還真是前後不一，破綻這麼多，為什麼當初我在看小說的時候沒有注意到。
「高淑君被用她帶來的刀子殺死，而林天益被用他帶來的玻璃杯殺死。」鄭一濬一手摸著下巴。

「況且他死在自己的房間這密閉空間……」我接著說。

「……？」

「怎麼了？怎麼這樣看我？」

「因為你說了奇怪的話。」古子芸歪頭。「這怎麼會是密閉空間，只要有人敲門讓林天益開門，不就能進去了嗎？」

「對耶，我怎麼會沒想到？」

「你怎麼忽然變笨了？」鄭一濬冷笑。「住在林天益隔壁的是你，有聽到什麼聲音嗎？」

「沒、沒有，我什麼都沒聽到！」陳文彥抱著茶茶。「我想我們還是都回到自己房間待著吧？」

「不，你沒看到就算待在自己房間，還是會發生這種事情嗎？」鄭一濬走到床邊拉起了床單，覆蓋在林天益的身上。

「我又不是白痴！不要開門就好了啊！」陳文彥驚恐地回。

「我還是認為大家都待在一起比較好。」我說，總有一種不好的預感，怎麼每醒來一天，就會死掉一個人？

「要是兇手真的在我們之中，忽然發狂殺了大家，那才更沒有辦法保護自己。」陳文彥鐵了心。「反正我不會離開房間，也絕對不會開門。」

忽然他跑進來林天益的房內，直奔冰箱邊。「每個人平均分，這樣是我的份！」拿了一堆食物就又往他自己的房間跑去，碰的聲關上了門。

「有點懦夫、有點自私，但也是為了自保。」羅小旻搖頭，看著這裡的一片鮮血。「連續兩天看見屍體，我的驚訝和害怕好像都減少很多了。」

「但怎麼可能會習慣……」古子芸喃喃，我看見她的口袋露出了手機的小白鼠吊飾。

「姊姊，手機能用了嗎？」楊千莫抓著古子芸的手。

「嗯，沒有辦法呢。」

「已經過了兩天，姊姊的學校應該已經開始找妳了才對，我們就快要得救了吧。」

「這麼一說，很奇怪。」鄭一濬忽然轉身，看著楊千莫。

這好像是他第一次這麼認真看著她。

「什、什麼奇怪？」楊千莫一愣。

「妳年紀這麼小，照理來說妳不見了，妳爸媽會更緊張才對。我們或許期待妳家人找妳，比我們其他人的家人找還要更實際，不是嗎？但為什麼之前我們都沒想到這點？」

「呃……」楊千莫囁嚅。

對於這一次這麼快就有人發現楊千莫的怪異之處，但我已經決定不再去比較和《死亡倒數》有什麼不同，把這裡當作一個新的世界，會比較好過。

最大的宗旨就是，不要讓自己死掉。

啊，當然還有姊姊，古子芸，她也得活著才行。

「我覺得，就說實話吧。」所以我得推翻掉原著的所有設定，讓一切歸於零，以防有人再度死亡。

「實話……？難道我們之中還有人說謊？」

「……！」楊千莫握緊雙拳，盯著我瞧，像是在問我知道些什麼。

「首先，我並不是十七歲的高中生，我體內是三十多歲的靈魂。」

這句話一出來，所有人都用怪異的眼神看著我，羅小旻甚至給了一聲。

「我們確定要在林天益身邊討論這個話題嗎？」我看著白色的床單再次染紅，這種感覺很詭異，他們是小說人物，不該存在於現實，可是卻因為長相是我現實認識的人，讓我非常矛盾。

林天益的外表曾經是我的公司主管，雖然只在那家公司待不到三個月，但那位主管是空降部隊，個性比林天益糟糕，欺負下屬又狂拍上司馬屁，或許這就是他能當上主管的原因吧。

我和那個主管相處得並不愉快，最後也是不歡而散，但即便如此，我也沒希望他死去，所以看見林天益這樣死狀淒慘的屍體，對我來說也並不好過。

「你、你說這句話是在影射什麼嗎？」楊千莫緊張起來，看著我的雙眼變得戒備無比。

「不是，但我知道妳為什麼不高興。」我吐口氣，又看了一下旁邊的屍體。

「我真的認為我們該出去，然後把這邊的食物拿一拿。」

「好，我也這樣想。」古子芸率先動作，羅小旻嘆氣了後也幫忙拿了食物，清空了後我們幾個人走出去，並將門關上。

目前緊閉的三扇門中，有兩扇後面都有著屍體，過不了多久就會有味道出來。但得在古子芸的手機短暫有訊號的那時候，我們才有機會逃出這裡。

於是來到走廊後，我認真看著每一個人，楊千莫咬著她的手指，惴惴不安。

「陳文彥，你也仔細聽著。」我朝另一扇緊閉的門喊，可以看見門縫下有影子晃動，我想應該是茶茶在那。

接著我深吸一口氣，然後閉上眼睛。

「快點說啦。」羅小旻催促。

我張開眼睛，對著他們說：「這裡不是現實世界，這裡是小說，而我是穿越進來小說中的現實人類。」

「啥？」眾人齊喊。

「你知道自己在說什麼嗎？」羅小旻皺起眉頭，覺得我講了瘋話。

「中二病犯嗎？到高中還會有中二病？」陳文彥在門後倒是不留情面。

「不是中二病，你們仔細聽我說。」

「好，你說。」鄭一濬帶著懷疑的目光，但卻真的安靜下來聽我講。

呃，結果當大家認真聽的時候，我反而不知道該怎麼講。

我要如何證明這是小說世界？講出那些我在小說看到的死亡順序，或是每個人隱瞞的祕密嗎？

「快說啊！」楊千莫催促。

「我在現實世界是個已經三十多歲的人！」

「什麼？」古子芸驚呼。

「哇，設定的年紀比我還大呀。」羅小旻哈了聲。

「不要覺得三十幾歲老，這段時間才是人生最好的時光。」我睜著眼說瞎話，畢竟我的人生也說不上太愉快……我的人生……？

我在做什麼？

我的人生是什麼？

「然後呢？」

「什麼？」

「我說，然後呢？你要怎麼證明這裡是小說世界？」

鄭一濬的話把剛才停頓的我拉回來，我繼續說著：「其實我不知道要怎麼證明……但這裡是在網路連載的小說……」

在陳文彥開門走了出來後，我把所有事情都告訴他們，包含死亡的順序、每個人會發生什麼事情，以及我含糊地帶過知道大家真正隱藏的祕密。

但同時我也告訴他們，這部小說並沒有完結，所以我不知道結局，不知道兇手。

「以及……後續發生的事情已經完全改變，或許是因為我沒有依照劇情走向，導致死亡的順序變了，死法也改變了，現在我等於不知道該怎麼辦……」

所有人沉默下來，彼此看著對方，他們並沒有完全相信我的話，可是對於我說出的完整故事劇情以及他們一些細微尚未說出的設定，倒是找不出解釋的理由。

「我認為或許還有另一種可能。」鄭一濬忽地開口。「就是你正是隱藏的兇手，這也能解釋你為什麼能查到我們的身家，以及怎麼會知道走向。」

「什麼？」

「是啊，比起你那奇幻的穿越小說說明，我更相信鄭一濬所說的可能。」羅小旻雙手環胸。「你要說我是個虛幻角色？我記得我從小到大的事情，談過的每場戀愛、認識的每一個人，遇到的所有挫折，你要說我這些經歷都是假的？是一個不知名的人所寫下的、所杜撰的？哈！」

「而且你還說我們的外型是你以前認識的人？這種事情也可能嗎？穿越我看很多，要嘛是自己整個人穿越到異世界，外型還是自己原本模樣。要嘛是整個跑到別人身體裡面，像是重生一樣。你這種半調子的穿，我聽都沒聽過。」

陳文彥哼了好幾聲。

「不是，基本上根本沒有人會真的穿越好嗎！」我吐嘈。

「但你不就穿越了？」古子芸補槍。

「是沒錯啦……我也不知道怎麼回事……」

「子芸，妳還真的相信他？妳太單純了吧？」羅小旻提醒。

「但……的確有很多事情說不通，像是我們為什麼會瞬間來到這裡，還有……在我說出自己有帶手機前，他就先制止說了，表示他知道……」

「因為他是那群幕後有錢人變態遊戲的幫手，他當然有先找過我們身上有什麼。」楊千莫說。

「可是如果他真的是的話，他沒必要告訴我們怎麼離開房間，讓我們自己摸索不是更有趣嗎？他一直在默默做一些像是干預，又像是要提醒我們注意到線索一樣的事情。」古子芸皺著眉頭說出她的想法，這讓其他人稍微停頓了下。

「妳是說像《名偵探柯南》一樣嗎？柯南老是在做一些提醒小五郎的事情……」羅小旻說。

「對，就像那樣子！所以我覺得他說的話……有幾分真實……」古子芸咬唇，看著我。「其實我有注意到標籤的事情……」

「標籤？」

「就是高淑君的陶瓷刀那個標籤，我有發現一開始被黏在門邊，但一開始我以為只是什麼白色垃圾，看到你去偷偷撕下後才發現是標籤……我想如果你是內奸的話，應該不需要去找刀子，而是讓每個人都有武器，並且發生大亂鬥什麼的，才能讓整個劇情更好看吧？」

古子芸真是聰明！雖然小說中本來就設定她是機伶的人，但沒想到她會這麼有邏輯得分析！

「我真是感謝妳！」我簡直淚流滿面、感激涕零。

「你說在原本的小說裡頭，茶茶一開始就會被高淑君殺死，然後我再殺了高淑君是嗎？」陳文彥邊說，邊將懷中的茶茶抱得更緊。

「對。」

「那我是被誰殺死？」

「那不重要吧，反正已經沒有依照小說劇情發展了。」我說著。

「很重要！我才知道要避開誰！」陳文彥大喊。

「你不是不信嗎？現在又信了？」羅小旻也接著喊。

「我沒有全信，但我要知道各種可能才能保全身！」

「你沒有盡信，就要收納全部資訊，那豈不是成為了輕信讒言的愚者？」

鄭一濬瞇眼，他怎麼這麼不信我啊！

「我、我不知道……在這種地方，我不認識你們所有人，我是要相信誰？我怎麼知道該信什麼？」陳文彥崩潰地坐到了地上，懷中的茶茶舔拭著他的手指，似乎要給予安慰。

「還是我們都關在自己的房間，就沒有誰信誰的問題了。」楊千莫提議。

「但是林天益死了。」古子芸說。

「他一定是被兇手騙了所以才開門，我不會開門的。」

「但是……妳不開門的話，要怎麼逃出這裡？而妳又要怎麼辨別何時可以開門，何時不行呢？」古子芸咬唇。「我認為，大家要聚在一起，才不會有事情。」

「……這點我現在同意，才沒辦法搞小動作。」鄭一濬說著，瞄了一下放著屍體的兩扇門。「而且在有屍體的情況下，獨處會加深恐懼，一恐懼，就會胡思亂想，沒辦法常理判斷。」

「……既然你都這麼說了。」羅小旻聳肩，陳文彥也抱著茶茶坐在角落。

總算是大家都在一起了，我呼口氣，但接下來會變成怎樣，連我也不能確定了。

「喂。」楊千莫坐到我的身邊，她輕聲細語，雙眼凝視著前方的其他人，「你說你知道所有人的祕密。」

「喔。」

「那你知道我的嗎？」

「妳的……什麼？」我裝傻道。

她漆黑的眼珠子直盯著我，我要承認嗎？

她在某種程度稱得上是危險人物，但我剛才都說自己穿越到小說之中了，要是現在說不知道的話，也很不自然吧？

「所以你知道是我把那把剪刀嫁禍給你囉？」楊千莫的雙眼熠熠有光，我嘆口氣。

「我知道，因為在小說之中，帶剪刀的是妳。但我不明白的是，為什麼妳會有熊娃娃？小說裡面可沒有。」

楊千莫笑了起來。很輕、很柔，也很張狂。不該是她這樣外表年紀的該有的笑容。

但卻是屬於楊千莫的真正笑容。

「因為剪刀原本是放在熊娃娃裡面的喔。你既然知道我的故事，那也知道我為什麼會把剪刀放在娃娃裡面吧？」

「老實說，小說裡面是第一人稱，所以對於其他配角們的故事我並不清楚，只知道揭曉時的那幕。」我聳聳肩。「況且在小說之中，妳並沒有拿著熊娃娃，但如果妳說根據妳的過往經歷來想像的話，大概也能理解……」

「你一下說不知道配角的過去生活，一下又說可以理解。向淯，我怎麼覺得你好奇怪呢～～」她手撐著下巴，打趣地看著我。

「不是，因為在小說裡頭，妳最後被揭發的時候解釋給大家聽，大概知道妳的過去，但小說並沒有寫出妳完整的人生、妳的角度、妳的心情，所以我才這麼說。」

「好吧，勉強相信。」楊千莫捏了一下自己的熊娃娃。「在你告訴大家可以開門的方法時，我才剛把剪刀從娃娃裡拿出來，因為太緊急了，所以我把娃娃和剪刀都一起藏在床底下。之後，高淑君的刀子引起大家的慌亂，我就決定藏起剪刀。然後你說每個人都有帶武器過來，為了展現自己並沒有，所以我把熊娃娃抱了出來，展現我的無辜，否則原本我打算把娃娃藏在水箱之中。」

也就是說，因為我的行為和小說進程不同，連帶改變了每個人的想法和作為。

「那紅色的本子，妳原本藏在哪裡？」

「小說沒講？」

「我知道妳的本子上面寫什麼，但妳一直沒說放在哪。」

楊千莫一笑，抱緊了手中的熊娃娃。

忽然我理解了。「妳把本子藏在娃娃裡面？」

「對，我不知道原本的小說之中我會藏在哪，但我一定不會給大家看見的。」

「因為妳那一本，寫的是大家的年齡，是吧。」

她微微睜圓眼睛，露出讚許的眼光。

「我要選擇站你這邊了，因為你說的是真的，跟著你，我才不會死吧？」

「妳這樣說好像確定原本會發生什麼事一樣。」

「因為你說我被揭發時，才說出了我的祕密和過去。如果不是被逼到絕境，我一定不會承認的。所以我想，要嘛是被誣陷成兇手，要嘛就是臨死之前吧。」楊千莫聳肩，說得輕鬆。

但她說的並沒有錯，在逃離這裡後，向湇等人的確先把嫌疑放在楊千莫身上，最後楊千莫自爆。

「妳要不要考慮主動和大家實話呢？」

楊千莫轉了眼珠子。「這是讓你能信任我的方式嗎？」

「算是吧。」老實說，楊千莫是我最不想接近的一個，畢竟在原著中，她陰險又狡詐。

「你知道孩童的外表對我來說，是最佳武器也是保護色吧？」她歪頭，似乎在徵求我同意別讓她說出口。

但我搖頭，大家必須知道這祕密才行。

「我隱瞞到現在，也是極限了。」

「好吧。」她扁嘴，只論外型，還真的像是個小孩子。

「你們在聊什麼？聊這麼久？」羅小旻坐在鄭一濬旁邊，對我充滿戒備。

「千莫，不要離他太近。」

「我又不是什麼壞人，我只是……」

「停，我不要聽你這個『現實中的人類』說話。」羅小旻刻意強調了那幾個字。

「不要這樣啦……」古子芸喃喃。

「我相信向湇喔。」忽然楊千莫站起來，說話的方式也改變了，不像是之前刻意裝的天真孩子口吻，而是像個大人一般。

然後，她從自己的熊娃娃後面拉開了拉鍊，抽出那紅色的小本子。

「妳不是說本子不見了嗎？怎麼會在……」羅小旻驚呼。

「難道是說謊？妳故意把本子藏起來？」鄭一濬皺起眉頭。

「為什麼要這樣子做？」古子芸也無法理解。

「妳那本子寫了什麼？拿過來我看！」陳文彥喊。

「你們這樣一起說話，我怎麼知道要回答誰啊。」楊千莫翻了白眼，一手叉腰，這世故的模樣讓所有人都一驚，覺得有說不上來的奇怪。

「我這個本子寫有我的祕密，所以我不打算給大家看。但現在不一樣了，我們如果都是小說裡的角色，要是不自己找到出路的話，最後可能都會死。」楊千莫把本子往眾人的中央一丟。

「什、什麼死不死的！向清剛才說了什麼嗎？」陳文彥驚恐。

「我什麼都沒說！不要誤會！」我趕緊雙手舉高，看似投降。

「書名叫做《死亡倒數》，就算我們自己是小說人物，但大家也該看過一般小說吧？只有男女主角不會死，又或是沒死得那麼快～～配角們都死定了好嗎？」楊千莫冷笑一聲。

「千莫，妳怎麼了，為什……」古子芸靠近想抓起楊千莫的手，卻被她嫌惡地用力甩開。

「不要隨便碰我，妳這聖母瑪莉亞。」

「咦？」古子芸有些錯愕地看著自己的手，不能理解態度驟變的楊千莫。

是呀，在原著中，楊千莫一直以來都很討厭古子芸，只是在故事前半段都沒有表現出來，直到最後危急時刻才一腳踹開古子芸，還讓她受傷了。

所以這樣也好，早點顯露本性，才不會後來發生那樣的意外。

鄭一濬這時候已經立刻撿起楊千莫的本子，上頭寫著每個成員的名字以及年紀。

「等一下，這是……！」鄭一濬臉色一變，而湊在一旁看著羅小旻以及陳文彥也倒抽一口氣。

他們抬頭，用不可思議的眼神看著楊千莫。

「怎麼回事？」古子芸不解地看著他們，又看向我。

我聳肩。「妳去看吧，我不用看也知道寫了什麼。」

於是古子芸跑到了本子邊，驚呼一聲。「怎麼會！」

每個人的名字旁都寫著相對應的年紀，但在楊千莫的位置卻不是寫著他外表目測該有的八、九歲，而是寫著三十歲。

「這是寫錯了嗎？」羅小旻不可思議地直呼，比著楊千莫的年紀。

「沒有錯，我真實年紀是三十歲。」楊千莫嘖了聲。「這個本子寫了我真實的歲數，所以我沒有拿出來，以防有什麼紕漏。」

「妳三十歲？怎麼可能？這是真的嗎？」陳文彥大叫。

「等一下，向湇的部分也寫了三十二歲？」古子芸的話讓我也嚇了一跳，因為原始故事中，上面寫的是十七歲的向湇。

「但妳當時還不知道向湇後來的這番說詞，為什麼就沒想過是本子寫錯了呢？」鄭一濬開口。

「或許是心虛吧。」楊千莫聳肩。「我當然想過可以用『寫錯』這一點來說，但同時我也想到，會不會向湇也是垂體機能減退症呢？」

「垂……垂什麼症？」

「簡稱就是不老症。外表在某個階段就停止生長了，而我很幸運身體都很健康，可是外表就像是小孩子一樣。」楊千莫把娃娃丟到了一邊。

「咳，其實大家內心都有底吧。」我開口，要求所有人的本子都拿出來，並且攤開來。

加入了楊千莫的資料，呈現如此：

向湞，三十二歲，七月十日，喜歡打手遊，厭惡念書，願意幫助人，害怕死亡。

古子芸，十七歲，六月十日，喜歡念書，厭惡不公，願意解決問題，害怕死亡。

羅小旻，二十六歲，五月十日，喜歡美食，厭惡性騷擾的人，不會說謊，害怕死亡。

高淑君，四十七歲，四月十日，喜歡八卦，厭惡狗，很會做菜，害怕死亡。

林天益，五十歲，三月十日，喜歡賺錢，厭惡沒錢，每個月捐款，害怕死亡。

陳文彥，二十三歲，二月十日，喜歡打電動，厭惡人群，愛狗，害怕死亡。

鄭一濬，二十七歲，一月十日，喜歡動腦，厭惡犯罪，頭腦很聰明，害怕死亡。

楊千莫，三十歲，十二月十日，喜歡可愛的東西，厭惡感情話題，長得很可愛，害怕死亡。

「這、這怎麼了嗎？」羅小旻咬著下唇。

「這樣應該很清楚了吧？每個人都知道這本子有什麼不對勁的地方吧？」我說，而沒有人反駁。

「這裡面，都有一個地方是謊言。當然我身為讀者，我很清楚可以知道哪邊是謊言。但就像楊千莫一樣，我認為每個人要自己主動說出來才有意義。」我的話也是在給大家一個選擇的機會。

每個人一生中或多或少都會說過謊話，小小的謊言有時善意，有時可以維持和諧，但是大多數的謊言最後都會成為萬惡的根源。

楊千莫在《死亡倒數》中，為了隱匿自己的真實年紀，最後把不小心得知真相的羅小旻給殺害了。

而她還嫁禍給了鄭一濬，在故事裡頭把他們兩個人塑造成在談祕密戀情後卻因為種種因素彼此殘殺的情侶。

但即便如此，小說裡頭也沒說楊千莫是最後的兇手。在故事裡，幾乎每個人都有嫌疑殺了另一個人，更甚至真的動手。

所以要是能解決這謊言，好好的處理一切的話，那或許就不會再死更多的人了……

這當然是我的天真幻想，畢竟林天益和高淑君都死亡了，甚至還不是原本我所知道的兇手殺的。

我覺得非常沮喪，但我現在能做的也就只有這樣了。

「好，我願意當第一個說的。」古子芸如同我所想像的，選擇第一個站出來。

她就是如此的溫柔善良，且有勇氣。

「關於我這邊的謊言，提到我喜歡念書，但我並不愛念書。念書是為了能夠讓大人喜歡我，並不是因為我喜歡。」古子芸說著這確實就是她那一條的唯一謊言。

聽起來不是很嚴重，畢竟會喜歡念書的人應該沒有多少。但必須要設想到這謊言背後的意義。

她想討大人歡心所以念書，那會願意討好到什麼程度？會願意為了這件事情付出多少的代價？

「謝謝。」我說。

為了討好，古子芸的內心，會有什麼樣的變化？

「哼，我這邊很明顯的，就是不會說謊那個。誰不會說謊啊？但我說的都是一些無傷大雅的小謊，所以算不上什麼十惡不赦吧？」羅小旻抬高下巴。

「誰知道妳的小謊話是到什麼程度啊？每個人都覺得自己的謊話沒什麼，但事實上卻是很嚴重吧？」陳文彥在一旁怪叫。

「囉嗦！那你的謊話又是什麼呢？」羅小旻回吼，茶茶也跟著吠。

「我、我、我才沒有說謊。」陳文彥結結巴巴的。

「你現在可沒有辦法再隱瞞任何事情，畢竟我們這邊有向湇這位全知視角，要是你想說謊的話，向湇最後也會揭穿你的！」羅小旻大喊著。

他們兩個還真的很愛吵架，這一點跟在小說裡面是一樣的。

陳文彥有些畏縮地看著我，彷彿在確認羅小旻說的話是不是真的，而我則點頭，表示最後我還是會說出每個人隱瞞的事情。

「笑死人了，妳剛才不是還跟鄭一濬一鼻孔出氣，說什麼向湇穿越來很扯嗎？現在變成站在他那一邊了啊，真是牆頭草。」陳文彥一邊說不忘損羅小旻一番。

「你……！」

「好了，不要再吵了！」古子芸制止，而鄭一濬從頭到尾都沉思著站在一旁看著。

彷彿在評估局勢一般。

「我、我這邊就是……」陳文彥看了一下懷中的茶茶。「我愛狗那一樣……

不是真的……」

「什麼？你不愛狗？那你之前……」這下換楊千莫震驚了。

「向淯說你在原本的故事線還因為高淑君殺了你的狗，所以你殺了她耶！」羅小旻也跟著說。

「難道在小說中殺了高淑君的真正原因，不是因為茶茶被殺？」鄭一濬終於說話了，並且看向我請求確認。

他們都沒有注意到，此刻，他們都相信了我的說詞。

就是我是從現實世界穿越進來的人。

我雙手環胸，用高深莫測的雙眼看著他們每個人，接著開口，所有人都屏氣凝神地等待我的答案。

「我知道陳文彥本子上的謊言，但我現在才知道他殺了高淑君不是因為茶茶被殺的關係。」

所有人洩氣加翻白眼，我趕緊接著說：「我說了，小說裡面是第一人稱，所以很多事情只要主角不知道，那我就不會知道啊！而且，我也說了不是每個細節我都記得，加上故事也沒有完結，所以我不知道大家最後會怎樣。」

「也就是說，你並不真的完全知道本子上哪些是謊言？」鄭一濬的話讓我一愣，並且沉默。

「什麼啊，你騙我們嗎？」楊千莫怪叫。

「我沒有，好，我的確不知道『所有人的謊言』，畢竟小說只連載到幾個人逃出去那裡……但關於本子上一定有謊言這件事情絕對是真的，在小說裡也有特意說明。」

「有夠半調子。」羅小旻嘖了聲。「那陳文彥本子上寫的哪裡是謊言，這你知道嗎？」

「小說沒明講，但是根據故事中陳文彥的個性，還有此刻現在這樣，我大概可以抓到一個大概……」

「我、我自己說！」陳文彥抱緊茶茶。

「雖然我現在沒有做，但如果如同向湇講的那樣，我想最有可能的是，她殺了茶茶時一定有弄髒我……」

「弄髒你？」鄭一濬皺緊眉頭，連我也聽不太懂意思。

我仔細回想著原本的故事內容，高淑君用食物誘惑茶茶離開房間後用刀子殺了牠，陳文彥知道後便去殺了高淑君。

這過程是有哪邊弄髒了陳文彥？

「可能是她殺茶茶時，血有濺到我吧。」陳文彥也不知道原本的詳細事發經過。

「我印象中沒有，但也可能是小說沒有詳細寫到。」第一人稱的觀點，就是主角不知道的事情，讀者就不會知道。主角沒觀察到的事情，讀者也不會知道。

也許這就是盲點，即便我是讀者，也是個被「作者」所欺騙的「讀者」。

「你幾乎沒有用。」羅小旻講話真狠。

「也可能很多事情讓我不舒服，我很愛茶茶沒錯，但若是問最愛……那我最愛的是乾淨，幾乎到了潔癖的程度，也許是眾多原因導致的關係……」陳文彥要解釋著他根本不知道的原著故事裡頭的行為也很難。

大家看向我，似乎在尋求重複確認的答案，但我只能聳肩。

我只知道「向淯」的想法，不知道其他人。

「好，我們就當作現在開始，大家都說的是真話吧。」楊千莫咋舌。「至於我的，我恨死可愛的東西，我已經三十歲了，老是被當小孩贈送一堆可愛的玩意兒，早就膩了。」

「嗯，可以理解。」鄭一濬說著，然後又看向我。「那你呢？」

「我？」

「關於你的，哪一件是謊話？」

「我這就比較奇怪。」我抓著後腦，也搞不清楚狀況。「若是對我來說，除了年紀來講，其他都是原本十七歲向淯的事實。可是若是對十七歲的向淯來說，年齡這一件事情變成謊言。」

「那在原本的故事中，對十七歲的向淯而言哪一件事是謊言？」

「這就很容易了，畢竟是以向淯為第一人稱，所以他很快就發現。」我停頓了一下，有點不好意思說道：「原本的向淯是寫喜歡打手槍，但他真實是喜歡打手遊，只是故事裡面的向淯不管怎麼解釋，都沒有人相信就是了……」

我的話讓現場的男生都白眼，女生則臉紅或是怪笑。

「對十七歲的高中男生來說，這很正常。」鄭一濬話一出口，我立刻比著他。

「對！你在小說裡面也是這樣回應向淯。所以即便向淯很早就發現他的內容寫的有假，可是也啞巴吃黃蓮，有苦說不出！」

「哈哈哈。」

這短暫的插曲，讓每個人都笑了出來，暫時緩解了這幾日以來的不安以及猜忌。

「那你呢？」這一次換我反問，而正在笑著的鄭一濬僵住了嘴角，凝望著我。「你的謊言是哪個？」

「……你不知道？」

「根據小說劇情，你所表現出來的個性都如同本子上所寫的一樣，所以我不知道哪個是假的。」

鄭一濬聳肩，吐了一口氣後說。「我並不害怕死亡，這就是我的謊言。」

「怎麼會有人不害怕死亡？」陳文彥不相信，比了房間裡面的另外兩具屍體。「你問問看他們怕不怕死啊！」

鄭一濬斂了眉毛，表情變得嚴肅。「我不怕死亡，並不表示我藐視生命，這不能混為一談。」

「我也不是那意思……只是覺得這一點很不可思議罷了。」陳文彥小聲說著，懷裡的茶茶則對鄭一濬皺起鼻子低嗚。

「從來沒有真正死亡過的人來告訴你死後的世界是什麼樣子，所以人才會害怕死亡，人類真正恐懼的是未知。」

「講得好像你見過死亡一樣。」楊千莫冷笑，揭露了真實年齡後，她也不再裝作無知天真的可愛。

然而鄭一濬沒有回應這句話，只是先沉思了一會兒後，才帶著些微陰沉的笑容聳肩。「我只是說死亡並不可怕，你的想像才可怕。」

「死亡再可怕，都沒有比我們是存在於小說裡的人物可怕吧？」楊千莫哈地笑了聲，十分諷刺。

「誰知道呢，說不定我們才是真實世界的人，而向湞是虛擬的人物。」鄭一濬聳肩。

「這是什麼意思？」我驚訝地問，而鄭一濬只是用凌厲的雙眼看著我。

「當我們認為自己是真實的時候，我們就是真實的。你說的世界，是你的真實，不是我們的。」

我瞪大眼睛，看著眼前的鄭一濬。

「你的意思是……我是假的？」

「我沒有說你是假的，只是現在這裡，才是真實的。」

「我只是說這裡是小說的世界。」

「那不就是說我們是假的嗎？我對你的話依舊半信半疑，確實有些地方我也沒辦法解釋，但穿越這種事情不可能真實發生。」鄭一濬按壓著他的額頭，接著忽然比了我。「就算這裡真的是小說世界好了，如今你身在其中，你也是其中一員，你在這裡就是真實，這裡才是你的真實世界。」

「我沒有否認這一點，在這所感受到的情緒、痛覺、睡意和飢餓感都很真實……」

「但你想著要回到現實世界吧？」

第五章　信任

「啊？」

「我說，你還是一直想著要回到現實世界吧？」

「這不是當然的嗎？這裡又不是我的世界！」

「那就對了，你不把這裡當作真實的話，那就沒辦法真的在這邊活下去。」

「活下去？什麼意思？」

所有人都一臉緊張地看著鄭一濬和我的對話，而羅小旻上前一步。

「我想他的意思大概是說，要是你沒把這裡當作真實的話，或許你的心態會鬆懈，因此沒辦法積極地逃出這裡？」

「拜託，我怎麼可能！不是說了在這邊我也會感覺到痛、感覺到飢餓。那要是我在這死了，那不就真的死了嗎？所以我當然會積極逃出去。」

「可是、可是也有可能你死了以後，就會回到現實世界啊。」陳文彥大吼，他的話忽地讓我一愣。

「這可能性我不是沒想過……」

「向淯，你真的想要丟下我們？」古子芸捏緊著自己的手，咬著下唇十分不安。

「不是，死亡就能回到我的世界這一點誰也不知道是不是真的，要是我死了以後就真的是死了呢？」我激動地大喊，沒人會拿自己的命去開玩笑。

「……這一點也沒錯。」鄭一濬接著說：「那這段時間，那個十七歲的向淯又去了哪？去了你的世界嗎？」

「這我不知道。」我握緊雙拳，要是真的和我交換了身分，他會上班嗎？會扮演好我的角色嗎？他會想辦法換回來嗎？

一定會的吧？因為他不知道一覺醒來後會是在這樣的密室，還會以為能過著他無憂無慮的高中生活，而不是社畜般的上班族人生，所以他一定會想辦法……

但他要想什麼辦法？

他能跟誰說？

我的現實中有什麼朋友能給予幫助？

誰會相信三十二歲的向淯的話？

我的父母嗎？還是誰？

忽然我一愣，腦中一片空白。

我的現實人生……是什麼？

「小心一點！」忽然古子芸的柔軟身體靠上了我，我才意識到自己居然頭暈而腳軟。

「你怎麼了？」鄭一濬皺眉，依舊與我保持點距離。

「我、我不知……」我喘著氣，一種強烈的不安湧上心頭，為什麼我會想不起來？

羅小旻嘆口氣，也蹲到了我身邊，一手按在我的肩膀上，另一手壓在我的手背上，眼神專注看著我，並輕柔地開口：「你先不要緊張，深吸一口氣，來，對，很好……接著吐氣……好，再來一次，深吸一口氣……」

我在她的引導下呼吸逐漸平穩，古子芸為我擦去頭上的冷汗，楊千莫則拿了房間的礦泉水過來。

「是怎樣？」她皺了眉毛，對我這突如其來的恐慌感到有些驚訝。

「沒什麼，我只是忽然覺得……」我吞了口水，看著眼前所有人的眼神，決定還是隱瞞掉這種不安。

「什麼事情？」鄭一濬問。

「就是，關於你所說的，我是虛擬的人這件事情。以及十七歲的向淯是不是真的跟我交換了。」我說出一半的事情，以防敏銳的鄭一濬發現我隱瞞的不安。

然而鄭一濬只是緊盯著我，不知道為什麼，他對我的懷疑從來沒有少過，明明在小說裡，他和向淯一直都是好夥伴來著的。

「汪汪！」忽然茶茶吠了幾聲，陳文彥立刻安撫，對著我們說：「是不是吃飯的時間了？」

「我很想說什麼時候了還在肚子餓。但我確實也餓了。」羅小旻看著古子芸。「我們兩個負責弄東西，你們男生就待在一起，不要落單。」

「你不能歧視我啊，我雖然外表是小孩子，但實際上是大人喔。」楊千莫哼了聲。「我會做的菜，比妳們兩個還要多。」

「也是，大前輩在此，我們兩個輔佐妳才比較說得過去。」羅小旻笑了幾聲，楊千莫也笑了，此刻的氣氛稍稍緩和。

三個女生去到古子芸的房間準備食材，而我們三個男生加一隻狗負責把我房間的桌子搬到走廊，再去拿每個人的椅子，布置成簡易的餐桌。

我們三個男生先就坐，彼此你看我、我看你的，氣氛有些凝重。與正在準備食材的女生們笑鬧不已的模樣成反比。

「咳。」我決定先發制人，解決我的疑問。「鄭一濬，為什麼你感覺很討厭我呢？」

「我？我沒討厭你。我只是懷疑你。」鄭一濬雙手環胸。

「為什麼要懷疑我？」我把故事裡頭原本我們兩個角色是好夥伴的內容讓

他知道。

「那很簡單，因為現在你不是十七歲的向淯，不同的人，要怎麼期待一樣的發展？」鄭一濬理所當然，像是我說了廢話一樣。

「是沒錯，但即便沒辦法跟原著一樣要好，至少不用懷疑我吧。」

「就我的立場來說，很難不懷疑你。」鄭一濬瞇起眼睛。「要我選一個有力氣殺人、又有頭腦犯罪的，怎麼說也只有你了。」

「這不知道是褒還是貶……」

「至少絕對是在說我不夠聰明。」陳文彥說著，我們三個笑了起來。

「喔，看起來相處得還算愉快喔？」羅小旻端來了熱騰騰的泡麵，放到了桌子中央。

「這樣很好呀，剩下我們六個，至少得相處得愉快不是嗎？」古子芸也拿著碗筷過來，笑著坐到我身邊。

「但我們總不能一直這樣被關在這裡吧，向淯，你得告訴我們怎麼逃離。」

楊千莫把飲料放到我們面前，用孩子般的臉蛋卻是大人的表情看著我。

「當然，我會說的。」我看著香氣四溢的泡麵，忍不住嚥了嚥口水。「但我們先吃東西吧？」

「是啊，我快餓死了！」陳文彥立刻撈了一大坨麵放到自己的碗中，咻咻咻地吃了起來。

「汪汪！」茶茶在地面轉著圈，有些氣惱地叫著。

「都差點忘記要餵你了！抱歉，茶茶。」陳文彥立刻打開罐頭，茶茶也津津有味地吃了起來。

「對，我們快點先吃吧，等等再說。」古子芸也笑著，端起碗喝著湯。

那模樣看起來，幾乎就是姊姊的複製人。

是啊，我不安什麼呢？

我怎麼可能是虛構的存在，這裡才是虛假的世界。

因為我有我的記憶，而這裡的人們，長相都是我現實生活中認識的人啊。

對了，那些人，後來怎麼了呢？

我仔細思考著，將這些記錄在本子上。若是對照我認識他們的經過，順序大概是這樣：

古子芸的外型和名字，都是我小學一年級的鄰居姊姊，古子芸，當時的她是大學生。

鄭一濬的外型是我高中時期，同校的不良學生，總是在校園欺負他人。

陳文彥是我大學時期線上遊戲的公會成員之一，線下活動見過幾次。

羅小旻則是我第一間工作的公司裡，合作廠商的窗口。

林天益則是下一間公司的主管，非常討人厭，最後我待不到三個月就離職了。

高淑君則是我曾經的租屋處附近的早餐店阿姨，人很有禮貌，在路上遇見也會跟我打招呼。

楊千莫是我現在的租屋處的鄰居，她有個健全的家庭與疼愛她的父母，是個幸福的女孩。

那依照現實中來講，這些人最後的去向呢？

我記得我在電視新聞看過，鄭一濬好像遭逢意外，但之後好像又說是被殺害。

而陳文彥……有一天就沒再上線，公會中有些和他比較熟的去他租屋處找過，沒見到他的人，連房東都在找他，彷彿憑空消失了一樣。

林天益、羅小旻……好像也遭逢不幸，怎麼他們現實中也都遇到事故啊？

然後高淑君，早餐店的阿姨，好像遇到強盜殺人……

最後的楊千莫……她怎麼了？我記得很多人在找、新聞也有播出，而最後她的雙親在鏡頭前大哭、崩潰，失去了唯一寶貝……

至於古子芸……她後來還考上研究所，回家的次數更少，之後我離開家裡，再也沒有回去過那個地方。

但是……但是我總覺得，我還是一直會見到古子芸，是在哪邊呢……

對了，電視，也是電視上……她好像成為了很了不起的人，有時候還會上電視……

「向湇，向湇？」

我全身震了一下，看了不知道何時來到我身邊的古子芸。

「你還好嗎？流了不少汗。」古子芸遞過來衛生紙，我才發現自己的額頭都是冷汗。

「沒什麼。」我隨意說著，覺得有些奇怪。

怎麼那些現實中的人們，好像都……與我失聯了？

而既然沒有保持聯絡，代表我和他們也不是多緊密的連結，我又為什麼會對小說之中的角色投射他們的樣貌？

不，古子芸另當別論，那其他人呢？

「這是什麼？你在寫什麼？」古子芸忽然湊到我身邊，看著我筆記本上的順序。「是你現實中認識的人嗎？擁有我們外表的人？」

「啊，對……」被古子芸看到我有點害羞，尤其是我又在她的部分寫上了姊姊兩個字。

「所以你在現實之中，認識他們的順序是這樣子啊。」

「對呀。」

「你和我的外表……很早就認識了呢。」古子芸一笑。「所以我的外型還是你們剛認識的時候，不是現在的她對吧？你知道現在的她長什麼樣子嗎？」

「我不知道，很久沒見過姊姊……」

我的腦袋忽然浮現戴著眼鏡的古子芸姊姊，她穿著正式的套裝，嘴角勾起淡淡地微笑，瞇著眼睛將手朝我伸來，我的鼻腔彷彿還能聞到她身上的獨特香水味道。

「向湑？」

「啊！我又神遊了。」

「你是不是太累了呢？要不要休息一下？」古子芸有些擔憂。

眼前的她，明明是姊姊高中時的模樣，但為什麼我剛才腦中出現的，會是出社會以後的姊姊呢？

我應該，沒有面對面的見過她才是。

可是剛才那個畫面是什麼？

怎麼那氣氛很奇怪，好像、好像……

我漲紅了臉。

就好像，我在和姊姊戀愛一樣……

「你的臉好紅，不會生病了吧？」

「沒有啦，不要擔心我，哈哈。」我趕緊打哈哈帶過。

「沒事就好。」古子芸扯了嘴角一笑，然後看了一下其他人。

陳文彥和茶茶正貼在牆邊打盹，鄭一濬則在一旁研究那些本子，楊千莫和羅小旻似乎在整理碗盤。

「那個，我可以問個問題嗎？」

「當然，只要我能回答的話。」

「嗯，你說我們的個性是小說裡頭的設定，就連現在這個空間都是小說的世界，但我們的外貌卻是你現實中認識的人，對吧？」

「嗯，這件事情不是重複過很多次了嗎？我知道很難相信，但這是真的。」

「我不是不相信你，只是覺得說，既然是這樣的話……」古子芸比了我剛才寫下的字。「那為什麼你這邊會寫著我們的名字呢？」

「什麼意思？」不然要寫什麼？

「如果對你來說，這邊才是假的世界的話，那你在寫筆記本的時候，應該是寫他們的名字，而不是小說裡頭角色的名字吧？」

古子芸的話讓我愣住，看了看上頭的名字。

對啊，為什麼？為什麼我會寫小說內的名字，而不是寫他們的本名呢？

「哈哈哈，大概是我也不知道他們的名字吧。」我邊乾笑邊這麼回應。

「不知道名字？但他們不是你認識的人嗎？」古子芸像是覺得很不可思議一樣。

我抓著頭，有些不好意思。「雖然說是我認識的人，但是其實認識一個人，有時候不會真的知道對方的本名，像是高淑君和陳文彥在現實中都是有交集罷了的路人，所以我不知道他們的名字……」

「原來是這樣……」古子芸點著頭，看不出來她到底相不相信。

但她的話的確讓我產生了懷疑，再怎麼樣不熟悉，我應該也要寫「早餐店阿姨」或是現實中的陳文彥公會上的網名才對。

為什麼我下意識地會寫下小說裡頭的名字呢？

他們的現實名字又是什麼？

現實……對我而言到底是什麼？

「嗚！」

「汪汪！汪汪汪汪！」

我還來不急思考，前方已經發出騷動，陳文彥躺在地上抓緊著喉嚨痛苦翻滾，茶茶在一旁慌張地吠叫。

「怎麼回事，陳文彥，喂！」鄭一濬快我們一步跑到陳文彥身邊，而聞聲的羅小旻和楊千莫也從房內跑出來，她們的手上都還有清洗盤子的泡沫。

「嗚……呃……」陳文彥抓緊喉嚨，口吐白沫，兩眼一翻後停止了掙扎。

「天、天啊！他是死了嗎？」羅小旻大叫，而古子芸也發出一聲驚呼，躲到了我的身後。

而我顫抖著，這是怎麼回事？為什麼陳文彥會死？

然而我卻看到鄭一濬臉上，那一閃而過的微笑。

陳文彥緊抓著喉嚨，口吐白沫，看起來十分可怕。突如其來的死亡讓所有人都陷入恐慌，而茶茶在一旁瘋狂轉圈著吼叫。

「為什麼會忽然這樣！」從房間跑出來的羅小旻和楊千莫驚訝萬分。

「他剛才在做什麼？怎麼會……」古子芸也問，我們大家都看著剛才離他最近的鄭一濬。

「我不知道，他不是就在睡覺嗎？忽然就倒地……」鄭一濬說著。

他剛才看見陳文彥的屍體時還笑了，這件事我該講嗎？

不，應該少安勿躁，多多觀察才對。如果我沒看錯，也假設陳文彥是鄭一濬所殺的話，在我還沒找好證據以前就和他攤牌，聰明的鄭一濬一定會有辦法找理由脫罪，說不定反倒是我被他將了一軍。

「我們剛才也坐在這裡，的確沒看到什麼奇怪的現象。」所以我如此說，但這也是實話。

陳文彥和茶茶在最角落睡覺，鄭一濬離他有一段距離，再怎麼樣也不可能近身殺他。

「他這種狀況……比較像是中毒吧？」古子芸探頭看了一眼，過去抱起了茶茶，然而茶茶並沒有太多的抵抗，在古子芸的懷中發出嗚嗚聲音。

「中毒，妳是說我們剛才吃的東西有毒嗎？」所有人大驚失色，剛才的食物大家都吃了，這下子所有人面色蒼白看著彼此。

「不可能是食物有毒，要是食物有毒的話，我們早就都死了。」很快地鄭一濬說出癥結點。「劇毒的話是會馬上見效的。」

「那他是怎麼回事？」楊千莫問。

我大膽地上前，聞到了淡淡的杏仁味道，雖想說不太可能，但若是得在短時間內毒發身亡的話，也就只有唯一可能了。

「他應該是喝下了氰化鉀。」我轉過頭對大家說。

「氰化鉀？柯南常用來殺人的那個？」羅小旻不可思議地喊。

「但這裡怎麼會有氰化鉀這東西？」古子芸也皺眉。

「況且他在什麼時刻服下的？剛才他可是都一直在那邊睡覺啊。」鄭一濬也問。

「我們先釐清一下，剛才那些食物是不是每個人都吃了？陳文彥有沒有吃了我們大家都沒吃的東西？」我則這麼問，所有人開始思考。

「等一下，我們要不要先把陳文彥也移動到房間去？」楊千莫打斷了大家的思緒。「屍體在那邊，怪可怕的。」

「嗯……這麼說也是，我們還是先把他……」我看著鄭一濬，對方也點頭。

「等等，先把他房間還能用的東西拿出來。」羅小旻說完，和楊千莫就跑進去房間搜刮食物後出來，還順便拿了床單給我們。「可以了。」

我和鄭一濬一人負責頭、一人負責腳，像之前一樣用白布蓋著屍體，將他抬進去。

又少了一個人，而且連所有人都在一起的情況下也有人死掉，為什麼呢？

「你怎麼看？」在房內，我刻意這麼問鄭一濬。

「一定是我們其中一個殺的。」鄭一濬喘著氣，雙手叉腰。「但是怎麼做到的？」

我聳肩，準備離開房間的時候，注意到陳文彥的櫃子上居然有狗罐頭。

「你看那個！」我立刻比著罐頭，鄭一濬也注意到。

「怎麼了？是要拿一些給茶茶吃嗎？」

「不是，怎麼會有狗罐頭？」我上前拿起罐頭。「你覺得主辦單位有可能會幫狗準備罐頭嗎？」

「怎麼，你原本看的小說沒有寫嗎？」

鄭一濬還有空嘲笑，但我立刻搖頭。「你忘了？小說一開始茶茶就死了，後續當然不會去提到茶茶的相關事情。」

「也就是說，小說沒提到的地方還真多。」鄭一濬說著：「所以這個世界已經超越原本作者的設定了喔？」

鄭一濬的話讓我忽然一愣，作者創作了這個世界，寫出了冰山一角。而沒寫出的地方，自己發展成一個世界，那是作者無法駕馭的地方。

所有的故事，最後都會超乎作者的掌控，超越讀者的想像。

我想也沒想地，拿起了上頭被羅小旻她們遺棄的狗罐頭，一起拿到外頭。

「你怎麼連那個都拿出來了？」羅小旻見到我把罐頭放在地上，疑惑地問。

「茶茶也需要吃東西。」鄭一濬關上了後面的門，自動上鎖，陳文彥被放在了自己的房間內，再也不會出來。

「啊……對耶，我都沒想到這點。」羅小旻有些自責，伸手去摸了茶茶。

「會不會最後只剩下茶茶活著？」楊千莫冷笑一聲，聽起來該是玩笑話，可是此刻大家卻都沉默下來。

「……是誰殺了陳文彥？」楊千莫低聲問：「離他最近的鄭一濬是最有可能的吧？」

「笑死人，那負責準備食物的妳們三個女生不就更可疑了？」鄭一濬防衛起來。

「我們每個人都吃了所有食物，陳文彥也是，不可能是食物有毒。」羅小旻抗議。

「況且發生的當下，我和向湞正在一旁說話……我們兩個誰也沒有下手的機會。」

「那要我再提醒一次嗎？我離陳文彥有一段距離，加上氰化鉀幾乎是會立即死亡的劇毒，不可能在吃下食物一陣子後才發作。」鄭一濬吐一口氣。「我依舊秉持著最初的想法，兇手就在我們之中，隨著死亡的人越來越多，兇手的範圍也就越來越小，而我所認為的兇手，現在也還在這。」

他說完就看向我，我也不畏懼地看回去。

「你在陳文彥死掉了以後，還露出了笑容。」

才說要沉住氣，結果還是說出口了。

沒辦法，誰叫鄭一濬一直咬著我是兇手，我總得反擊一下。

「我？笑？」鄭一濬一臉莫名。「你非得用這種充滿破綻的方式來毀謗我嗎？」

「不……我也有看見……」但古子芸卻有些顫抖地看向我。「我以為是我看錯了……」

「你是變態嗎？」楊千莫冷眼，這下子，大家都站到了我旁邊，與鄭一濬對立面。

「……」鄭一濬沉著一張臉。「我沒有殺人。」

「那你為什麼要笑？」

「我承認，我或許是笑了，但我沒有殺人。」鄭一濬深吸一口氣。「我只是……喜歡死亡氣息。」

喜歡死亡的氣息？

我有沒有聽錯啊，這什麼令人毛骨悚然的回答？

「你、你說什麼？」

從其他人的反應看起來，我沒有聽錯，剛才鄭一濬還真的就這樣講。

「不要因為聽到我這麼說，就覺得我是兇手……就是這樣我才一直不想講。」鄭一濬嘆一口大氣，有些哀怨地看著每個人。「我喜歡帶有死亡味道的任何東西，但我不崇尚死亡也不追求死亡，我只是覺得屍體很美、覺得生命的消失很特別……」

「這樣就很奇怪好嗎！有夠可怕的！」羅小旻第一個放聲大叫，遠離了鄭一濬。

「這件事情你知道嗎？」楊千莫瞇眼看著我。

「我、我不知道，我說了，不是什麼都會知道。」

「在你看到的小說最新進度裡……鄭一濬還活著對吧？」古子芸再次確認，而我沉默。

「你們認為我是兇手？」鄭一濬翻了白眼。「這真的太可笑了，我不是！」

「喜歡死亡的東西，看到別人死亡你還會笑，你要說這樣的你不是兇手？」楊千莫大膽往前一步。「很抱歉，我不相信。」

「我也不信。」羅小旻也說。

古子芸咬著下唇。「對不起，我們現在……真的比較敏感。」

這瞬間派系壁壘分明，我、古子芸、楊千莫、羅小旻，嗯，茶茶由古子芸抱著，所以也算是站在我們這邊，而鄭一濬則一個人孤零零地站在對立面。

鄭一濬看著我，冷笑地說：「這就是你想要的結果吧？」

「我不……」

「既然你們都懷疑我是兇手，那我也無可辯解。」鄭一濬雙手舉起，視做投降。

「那我們現在該怎麼做？」羅小旻詢問我的意見。

如果認為鄭一濬是兇手，那把他關在房間顯然不切實際，因為並沒有方法可以把人關起來，就算可以好了，如果他不是兇手，那限制他的行動反倒讓他慘遭不測怎麼辦？

「我們能做的還是只有彼此監視彼此。」我如此說。

「不行，我這樣會不安心，我認為至少要把他綁起來。」楊千莫用力搖頭，甚至開始要找繩子。

「我對於兇手是不是真的在我們之中，始終有所懷疑。」

「……」鄭一濬靜靜地看著我。

「一直以來，都沒有什麼廣播告訴我們要幹什麼，或是說只有最後一個人能逃出去之類的，如果不是我告訴你們真實狀況，那到現在大家也都不會知道怎麼回事。」

「……對，這點我也同意。而且當你說出這些話的時候，那群管理者竟然也沒有任何反應，這怎麼說都不合理。」古子芸有些發抖，一邊摸著懷中的茶茶。

「還是作者沒寫到那裡？」羅小旻說。

「不可能，很多我沒看到的細節設定在這裡都自動產生了。」我也補充。「我同意兇手最有可能就在我們之中，但同時也認為不在我們之中。」

「我們要怎麼逃出去？」鄭一濬唯一在意的就是這個。

我抬頭看了一下倒數的時間，尚餘八十五小時左右。

「……出去的方法我沒辦法告訴你們，因為我們正在被監視著。」要是我說出這唯一方法，或許就會被他們修正，這樣到時候我們就逃不出去了。

「……那既然你們懷疑我有問題，就輪流監視我。」鄭一濬提出了一個方法。「要是我有什麼奇怪的行為，守夜的人可以叫醒其他人。再怎麼樣你們都人多勢眾吧。」

「……只能這樣了。」羅小旻握緊拳頭，楊千莫也放棄了要綁住他的念頭。

那天夜裡特別難睡，每個人都不敢自己在房間睡，所以所有人拿著枕頭、棉被，一起窩在走廊邊。

我們安排了守夜班表，但結論就是守夜的人要抵抗瞌睡蟲，可鄭一濬自己卻睡得很香。

有人守夜也有好處，至少能確保若有其他兇手，也無法隨心所欲。

剛才羅小旻叫醒我後，我已經值班快兩個小時，期間除了差點睡著一次外，其他都沒什麼特別的，每個人都睡得很沉，連翻身也沒幾次。

我看了一下倒數的時間，去搖醒了下一班的古子芸。

茶茶因為我的靠近而低吼，眼看就要汪地叫出聲時，古子芸醒了過來。

「乖喔，沒事。」古子芸拍拍茶茶的頭。「輪到我了嗎？」

「對，是茶茶的聲音吵醒妳了嗎？」

古子芸搖搖頭。「我本來就淺眠，你剛才移動的時候我就聽到了。」古子芸笑著，那微笑在微光的走廊中特別漂亮。

茶茶不知道什麼時候咬著古子芸露出口袋外的手機吊飾，小白鼠在牠的口中左右搖晃著。

「啊，茶茶，不行！」

「手機要好好保管，別弄壞了。」我低聲地說著，古子芸從茶茶的嘴中拿回充斥口水的手機吊飾，淺淺一笑。

「妳為什麼會使用小白鼠吊飾？很特別呢。」

「因為這是我最喜歡的動物。」古子芸輕輕撫摸著吊飾。「你快休息吧，再來就交給我。」

「好，那就麻煩妳了。」我一笑，回到了自己的棉被邊，閉上眼睛前還看了一下古子芸的背影，她正牢牢地盯著前方的鄭一濬瞧。

很快地，我進入了夢鄉。

一片漆黑之中，我聽見了宛如機器震動般的聲音，像是持續不間斷的手機震動，但又輕微很多。

我想轉動身體，卻沉重地無法動彈，前方彷彿出現了兩個發亮的小光點，當我眨了眼睛，光點變多了，接著如同光海般往後蔓延，無數的發亮小點，像是小動物的眼睛一般。

在那群光點之中，彷彿站著一個人，我看不清楚他的模樣，他好像渾身漆黑，然而他手卻舉起，在食指與拇指間夾著一個小東西。

為什麼一片漆黑我會看得這麼清楚？為什麼彷彿只有那顆膠囊在發亮？

他將膠囊放到杯子裡頭，接著另一個人出現了，我簡直不敢相信自己的眼睛。

「久等了。」那是陳文彥。「找我什麼事情？」

「&^@&@%$%$」

我聽不清楚拿著杯子的人說些什麼，但陳文彥有些為難，又回了幾句話。

接著陳文彥接過了杯子，兩個人聊了幾句後，那個黑影逐漸消失，而那群發光著的眼睛依然盯著我看，它們中央還有著陳文彥。

我上前想追上他，可是無論怎麼跑都保持一定距離。

陳文彥過一會兒拿起杯子喝了一口，然後停了下來，不知道在做什麼，接著他又喝了一口，露出了奇怪的表情。

下一秒，他忽然痛苦抽搐，整個人往地面倒去，就跟剛才一樣！

「哈哈哈哈哈！」黑暗裡傳來鬼魅般的笑聲，我左右張望。

「是誰！」我大吼著，但沒見到任何人，連那群發光的眼睛都消失。

我的心跳劇烈，在漆黑中變成了強烈的鼓聲，連地都在震動，忽然，周圍出現了無數條從天至地宛如閃電般的不規則白線。

「啊！」

我感覺到頭痛劇烈，捂著頭跪了下來。

「向淯！向淯！」

猛然我睜開眼睛，古子芸、羅小旻、楊千莫慌張的表情印入眼簾。

「還以為你死了。」鄭一濬站在另一邊，又露出了那種陰沉的微笑。

「你講話一定要這樣嗎？」羅小旻有些不滿地看著鄭一濬，而對方只是聳肩。

「你還好嗎？」古子芸臉露擔憂，想攙扶起我。

「沒事，我好像做了惡夢。」我喘著氣，剛才的不適都消失。

「難道你是要回去現實世界嗎？」楊千莫一旁怪叫。

「感覺不太像……」我拍了一下自己的頭。「反正，我現在沒事了。」

「天亮了，該吃飯了吧？」鄭一濬說著。

「你自己去弄。」羅小旻回。

「你們不是懷疑我是犯人嗎？我還去弄，這樣說不過去吧，不怕我下毒？」鄭一濬聳肩，刻意用令人討厭的語調說話。

「你……！」羅小旻氣得握緊拳頭。

「好了啦，不用跟他吵。」楊千莫這一次倒是很冷靜。「一樣我們去弄就好。」

「哼，你就吃屎吧！」羅小旻氣不過，還是多講了兩句。

就這樣，她們兩個往房內走去，過一會煎蛋的香氣傳來。

而古子芸則弄著罐頭給茶茶吃，牠津津有味地搖著尾巴，大快朵頤。

「喂。」離我有段距離的鄭一濬忽然喊我，這讓我和古子芸有些警戒。

「怎樣？」

「你不覺得奇怪嗎？」他的眼睛看著每一間房門，露出了古怪的表情。

「奇怪什麼？」

他站了起來，朝我們的方向走過來。

「你要做什麼？」古子芸立刻起身，露出防禦的姿勢。

但是鄭一濬似乎沒有在管古子芸的警告，他朝高淑君的房門走去，而聽見騷動的羅小旻和楊千莫也跑了出來。

「怎麼了？」

「欸！你怎麼能亂走！」

「你們又沒綁著我，我有自由吧？」鄭一濬一面回嘴，一面彎腰趴到了門縫邊。

忽然間，我明白了鄭一濬的用意，也立刻來到高淑君的房門口後蹲下，用力深吸氣。

我的臉色大概也很難看，使得鄭一濬一見到我的表情便笑了。

「很奇怪，對吧？而這麼明顯的事情，我卻到了現在才忽然想到。」

「你們在講什麼？」古子芸抱著茶茶，搞不太清楚狀況。

「沒有屍臭味。」我起身，看著她們三個人。

「從高淑君死亡到現在，正常也該發出味道了，但是完全沒有。」鄭一濬補充。

「有可能是因為有空調，所以減緩了味道啊。」楊千莫說。

「我們現在這邊可是有三具屍體，再怎麼沒有味道，也該有血腥味吧？你們應該都還記得高淑君死的時候血有多少。還有林天益，都記得吧？」

「鄭一濬，說那個做什麼啦！我一點都不想想起來。」羅小旻做了嘔吐的動作。

「血如果附著太久，沒有使用特殊的洗劑是洗不掉味道跟痕跡的，我們都只用清水和抹布，卻沒有味道、沒有痕跡，這不合理！」

「你怎麼會知道這種事情？」楊千莫對鄭一濬的懷疑沒有消失。

「你們不看電視？不看小說？不看犯罪節目？這些不都已經是必備常識了嗎？」鄭一濬雙手朝兩邊張開。

「不能說是常識，但你說的我也知道。」我摸著下巴，也覺得事有蹊蹺。就算這裡是小說世界，但殺人都會見血了，食物也有味道，那沒道理屍體和血不會有味道。

然而這件事情我卻沒發現，直到被鄭一濬提醒了才知道。

這算是小說人物的覺醒嗎？

「我們把門撞開看看吧。」我如此提議。

「為什麼要這麼做？」

「是啊，我可不想再見到屍體！」

「說不定就是關著門才沒有味道，打開就有了怎麼辦？」

三個女生當然極力反抗，但鄭一濬卻同意我的話。

「如果開門才有味道，那樣也好，表示一切都是正常的。我們頂多把屍體抬到另一個房間再次上鎖，這樣也不會疑神疑鬼。」鄭一濬捲起手腕袖子。

「正常？什麼意思？」古子芸看向我。

我吞了下口水，接著說：「那表示這個世界很正常，即便是小說，也在正常的運作。可是如果是正常的話，那不可能會沒有屍體臭味，妳們明白嗎？」

也就是說，若只是因為被門擋住才減緩了屍臭味的話，在開門的瞬間就能聞到味道，這樣更好。

但若……

「來，預備。」我和鄭一濬兩個人面對面，準備用肩膀撞擊。「一、二、三！」

肩膀傳來了預期的疼痛，但是門不為所動。

「再一次！一、二、三！」再次奮力一撞，這一次門碰地一聲被打開了。

門撞開的瞬間，所有人都屏氣凝神，我因為緊張以及用力過度而反射性地大口吸氣，預期會聞到噁爛的味道，然而——什麼也沒有。

「這是怎麼回事……」鄭一濬站在原地傻眼不已，大家都跑到門後往裡頭看。

什麼也沒有，就是連屍體也不在。

原本高淑君該是被我們放在床上，身上蓋著染血的白布，但此刻別說高淑君的屍體了，連床單上都沒有血，潔白如初。

「難道……」我和鄭一濬立刻往林天益的房間門跑去，再次用力撞擊，這一次就沒那麼難開了。

然而跟高淑君的房間一樣，原先在房間正中央，死於椅子上的林天益已然消失，連地上的血跡都不復存在。

「這怎麼可能！」羅小旻衝進去了屋內，原本遍地的玻璃和血跡連一點痕跡都沒有。

「還有味道……噁心的血腥味都沒了……怎麼會？」楊千莫還記得當初的味道，令她差點就要吐出來。

一見到這種狀況，羅小旻和楊千莫、古子芸三人也立刻跑到陳文彥的房間外，她們三個人胡亂的撞擊下，門也就這樣開了。

「凹嗚……」茶茶十分錯亂，進到了屋內來回轉圈著，就是見不到牠的主人，陳文彥的屍體。

「難道有人趁我們不注意進來清掃過了嗎？」古子芸說著她自己都不相信但卻是最有可能的假設。

「那不可能我們幾個都沒發現。」鄭一濬冷笑，看向我。「小說裡面應該沒有屍體不見吧？」

他們四個人都等著我的答案，而我愣愣地搖頭。

這一切……早就都不受控制了。

第六章 怪異

「啊啊啊！」羅小旻不能接受這瘋狂的轉變，她抱著頭蹲了下來尖叫。「難道這一切都是夢嗎？醒醒！快醒醒！」

「羅小旻！冷靜一點，妳冷靜一點啦！」古子芸連忙上去拉著她的肩膀搖晃著。

這種離奇的狀況，讓大家都有些失了分寸。

「難道房間都有密室？」鄭一濬看著我，這是最有可能的原因。

「小說裡面是沒有寫到，但就如同我說的，故事早就偏離了小說內容，所以任何事情都有可能。」

「那讓我確定一下，小說裡面屍體並沒有消失吧？」

我看著鄭一濬搖頭。

「好，那這樣子我們就找找看房間有沒有密室吧。」鄭一濬說完後就踏入陳文彥的房間。

「那、那我找高淑君的房間。」古子芸立刻說。

「等一下，我們應該要聚在一起比較好。」楊千莫立刻喊，所有人才馬上想起這最該遵守的原則，立刻魚貫進入陳文彥的房間內。

裡頭不只沒有味道，乾淨得連曾經被住過的痕跡都沒有。

羅小旻深吸氣著，很快地找回了理智，跟著在房間內搜索。

我們每個人都沿著牆壁的隙縫找尋或是聆聽有無風聲還是其他聲響，甚至敲擊著門板，但是徒勞無功，每面牆都是扎實的水泥，更別說有什麼隙縫了。

「你們看這個！」羅小旻站在食物的儲藏櫃驚訝地喊，我們才發現裡頭的食物塞得滿滿，就連茶茶的罐頭也補充齊全了。

「這是怎麼回事，連食物都被補充了。」楊千莫說。

「簡直就像是重置……」我不敢相信地看著眼前這一切。

「重置？」

「這房間像是回到了陳文彥還沒進來前的狀況，就像是玩遊戲死亡後會重置一樣，現在這房間就是如此。」我驚慌說著，而聽聞這個說法的鄭一濬，也立刻往高淑君的房間跑去。

我們幾個人也跟著他的腳步來到高淑君房間，茶茶也乖乖跟著我們跑。

「這裡也是一樣。」鄭一濬比著高淑君房間的食物櫃。

而後，當然林天益的房間也是如此。

屍體消失就算了，但是還要填滿食物這一點實在太過麻煩，而且顯得十分不可思議又詭異。

「你說可以打開門的時候快到了嗎？」鄭一濬看起來決定不去探討這個問題，轉而向我問。

我看了一下時間。「就快到了，但還沒到。」

「嗯，那接下來我們就等逃出這裡後就好。」鄭一濬坐在床鋪上。「大家還是堅持不分開的話，我覺得把床都搬來同一間，這樣比較好睡。」

大家面面相覷，似乎也默認了這個方式，至少要讓自己睡得舒服一些。

於是幾個人開始合力將床鋪搬來，房間擠滿了五張床，連走路的空間都沒有，幾乎像是隔宿露營那樣緊貼著每個人。

因為都在密閉式空間，看不見日夜的變化，生理時鐘也會因此而被搞亂，他們每個人躺在自己的床鋪上聊天，說著自己的事情。

這再次讓我體會到，對我來說他們不過是小說裡的角色，但是對他們來說，他們是活生生的人，有自己的記憶、自己的歷史。

彷彿我自己也變成了故事裡的「向淯」一樣。

「這樣睡覺和聊天好像回到學生時代。」羅小旻懷念地說道。

「啊，我剛也想到一樣的事情。」我附和著，但是其他三個人都沒什麼反應。

「因為我現在也還是學生，所以沒覺得有什麼特別。」古子芸尷尬地笑著，還撫摸著手裡的茶茶。

「我學生時代並沒有很多朋友，所以沒去參加任何旅行。」鄭一濬的話倒是很令人意外。

「是因為你個性討厭嗎？」羅小旻不客氣地說。

「我是覺得寧願把那些時間拿來念書。」鄭一濬回嘴。

「至於我的話就不需要說了吧。」楊千莫孩子般的外型，根本不可能會參加到國中才會有的旅行。

「嗯，反正就是說這樣的經歷很特別啦。」羅小旻最後打了圓場。

我們幾個人又有一搭沒一搭的聊著，具體聊了些什麼我也忘了，大概就是每個人的過往回憶。

「我能說我真實的想法嗎？」

在睡意朦朧間，鄭一濬開口。

「嗯？」

「我覺得兇手不在我們之中。」

「嗯……我也覺得，既然屍體會不見、食物會填滿，那就表示有暗門……」羅小旻也跟著朦朧地說。

「但是我們又找不到……」古子芸回。

「一定是在很隱密、很隱密的地方吧……」楊千莫說著。

「所以真的有可能，兇手不在我們之中……」我說，然後陷入了夢鄉。

我看見羅小旻躺在床上睡覺，而我走過去幫她蓋被子，忽然她張開眼睛，對我破口大罵。

她用被子蓋住自己的身體，瘋狂尖叫與哭泣，她實在是太大聲了，所以我要她小聲一點，但她像是發瘋一樣，完全不聽我說的話。

時間好晚了，我怕她吵到鄰居，所以我上前摀住了她的嘴。

忽然間，我從「我」的身上抽離，變成像是旁觀者一樣看著眼前的電影劇情上演。

「我」變成了黑色的影子，他用力摀住羅小旻的嘴，但羅小旻奮力抵抗，所以他坐上她的身上，用枕頭摀住她。

過一會兒，羅小旻不動了。

他從羅小旻的身上起來，搖頭看起來似乎很難受。

然後他便出去了，畫面一黑，變成在浴室裡，他拿著大刀分解著羅小旻的身體，然後將她的身體一塊塊地放到一旁的黑色塑膠袋。

「唉，可惜。」他一面肢解，一面這麼說。

最後這一整片血紅的浴室逐漸消失，我全身冷汗地睜開眼睛，同一個瞬間，古子芸發出了尖叫聲。

所有人從床上彈起，茶茶不斷繞著古子芸的身體轉圈狂吠，而古子芸在自己的床上，臉色發白地看著羅小旻的位置。

那裡並沒有羅小旻，而是一攤染紅整張床的鮮血，甚至連床單都在滴血。

「這是……怎麼回事啊！」楊千莫大叫著，那出血量絕對不可能還活著。

「羅、羅小旻！羅小旻！」鄭一濬從床上起身，朝著屋內四處喊。「沒有屍體……就不能確定死了……」

無論是有人進來殺了羅小旻，或是本身就是我們其中一個人殺了羅小旻，都說不過去。

我們四個人不可能每個人都睡那麼死沒有醒來，更別說茶茶也會叫……

對啊！茶茶……

牠一直跟在陳文彥旁邊，有任何人要靠近茶茶都會叫，所以不可能有人給陳文彥下毒，更別說是加在食物內了，我們每個人都吃過每一樣食物。

離奇的殺人手法、消失的屍體、被重置的房間。

「這會不會其實是本靈異小說？」我忍不住脫口而出。

因為說的話實在太過荒唐，導致所有人一時之間不知道該怎麼回應我。

「你是認真的嗎？」鄭一濬嚴肅地看著我。

「不然你有更好的想法來解釋這一切嗎？」我反問。

「明明該清楚全貌的是你，讀者可是你，我只是書中的角色，不是嗎？」

「但我已經搞不懂了，這完全就、就已經不是我所見過的小說了！」

「不是早就不是了嗎！你現在在鬼打牆什麼？」

「那你為什麼要一直問我小說有沒有這樣的發展！」

我和鄭一濬彼此爭執，兩個人都吼到臉紅脖子粗。

「你們不要再吵了，這樣吵沒有意義。」古子芸站到我們中間，制止我們的爭吵。「我們只要就現有的去思考就好，現在的一切的確都不像現實會發生的事情，但仔細想，這些並不是不可能的。」
「怎麼說？」縮在一旁的楊千莫發問。
「如果我們被集體下藥迷昏了，那有人進來做任何事情就也都是可以解釋的，對吧？」古子芸認真地看著我們每一個人。
「但是他們要怎麼對我們下藥？」楊千莫問。
只見古子芸比了天花板。「我們待在這密室好幾天，卻都沒有空氣不足的情況可以斷定，這裡一定有空調，我想他們一定是從空調對我們下藥，讓我們睡昏過去，再進來處理一切。」
「妳說的很有道理。」楊千莫恍然大悟，而我和鄭一濬也十分驚訝沒想到這一點。
我和鄭一濬立刻抬頭找尋是否有空調的設備，但古子芸卻抱起茶茶往門的方向走去。
「我們走吧，如果沒意外的話，等等這一間房也會重置吧。」
「應該是這樣沒錯。」我同意，也跟著往門口走去，小心地避開了血滴落下來的地方，其他兩人亦然。

在關上房門前，我又多看了一眼那張滴血的床單。

明明閉上眼睛前羅小旻還在，如今睜開眼睛後，她卻連屍體都消失了。

＊＊＊

我們換到了羅小旻的房間，這裡除了被重置過以外所以食物齊全，還有一點就是在陳文彥的房間隔壁，要是陳文彥的房間有什麼風吹草動，都能第一時間聽到。

但當然也有可能，我們又被下藥昏迷了

「現在只剩下我們四個人了，我真的確信兇手不在我們之中。」楊千莫雙手抓著自己的手臂，顫抖地說。

「嗯，我也認同，依照現場的血跡，不可能殺人時不沾染到任何血。」古子芸也說。

「除了這個，還有很奇怪的地方。」鄭一濬喝著熱茶。「你們回想那出血量，與其說是羅小旻在上面遇害，不如說是有人把一大灘血直接倒在上面。事實上，那是不是真的是羅小旻的血，我們根本不知道。」

「你是要說羅小旻逃走了，只是灑血混淆視聽，她就是真正的兇手嗎？」我問。

「我沒這麼說，只是覺得奇怪，其他人都有看見屍體，唯獨羅小旻沒有屍體。」鄭一濬聳肩。

然而我卻想起自己的夢。

為什麼我都會夢見宛如他們被殺的過程的夢呢？

為什麼在夢中，那些黑影都要殺害他們？

而且有些奇怪的是，在夢中的陳文彥也不是現在此刻我所看見的陳文彥。

羅小旻、高淑君、林天益等，都不是我在這所見到的他們，而是另一個他們。

就像是……現實世界的他們。

為什麼我會夢見黑影殺了現實世界的他們？

這裡唯一來自現實世界的人不是就只有我嗎？

難道是我殺了他們？不可能啊，我絲毫沒有記憶啊！

這件事情要不要說出來跟他們討論？讓他們猜測有無其他可能？

不、不行，本來鄭一濬就已經很懷疑我了，要是我把這些說出來，聽起來就像是在說我是兇手一樣。

雖然我知道我並不是，但我不能冒這個險。

「你們聽！」楊千莫忽然壓低聲音，打斷了我的思緒。

她將一手手指向隔壁房間，另一手放在嘴唇上比出了噓。

我們屏氣聆聽，隔壁的房間傳來了有規律的咚咚聲響。

「那是什麼聲音？」古子芸用氣音問。

咚——

咚——

咚——

「這聲音好熟悉……」鄭一濬皺眉。

而我總覺得這個聲音不久前我才聽過，很像是什麼……

「在剁什麼的聲音……」楊千莫臉色刷白。「菜市場剁豬肉的那種聲音！」

所有人倒抽一口氣，確實就是楊千莫說的。

不知道誰先站了起來往門的方向跑去，來到陳文彥的房門前。

裡頭菜刀剁著骨頭的聲音更加明顯，似乎還砍到了不好切斷的部分，正來回摩擦著。

那令人不寒而慄的聲音迴盪在這密閉空間，更令人發毛。

古子芸大膽地上前，手放在門把上。

這是陳文彥的房間，不是他本人的話根本就打不開，這是一開始就知道的規則。

然而，古子芸回頭看了我們一眼，然後堅定地點頭後，轉過頭以迅雷不及掩耳的速度壓下門把，將門打開。

原先我以為，那會在開門的瞬間消失無蹤，很多小說都是這樣寫的啊！

但是門打開的瞬間，眼前的房間卻不是原本的房間，而是變成一間浴室，一個渾身漆黑的人背對我們坐在小板凳上，整片白色磁磚的牆壁全是血跡，而地板則布滿支離破碎的肢體。

黑影的手裡是一雙放在砧板上的大腿，大刀正在關節處上下來回剁著。

這宛如在我夢中出現過的場景，此刻卻在眼前活生生地呈現。

「你、你是誰！」古子芸大喊，而我們所有人都僵住身體。

這一次不只我，所有人都看到了。

黑影聽見聲音，停下拿著刀並高舉的手，然後倏地轉過頭來。

本該是五官的部分只有一片黑色漩渦，但卻可以看見他獰笑的嘴角，手起刀落，切斷了那雙腿。

「啊！」楊千莫尖叫，躲到了我和鄭一濬後面。

忽然對方站了起來，拿著刀就往我們這邊衝過來。

「快點把門關上！」我立刻上前，將已經愣在原地的古子芸往後一拉，並用力把門關上。

啪！

那把刀劈在門上的聲音，讓我嚇得立刻往後退。

「這是怎麼回事？」鄭一濬護著楊千莫，憤怒地質問我。

「我怎麼會知道！」我反吼。

「他、他會不會開門？」楊千莫哭著問。

我們每個人都戒慎恐懼地看著那扇門，沒有再傳來任何動靜，也沒有任何聲音。

「我、我看看……」

「你要再開門？不要吧！」古子芸阻止我。

我則推開她的手，對她一笑。「你們都站遠一點。」

「逞什麼英雄……」鄭一濬嘆氣，也走到我身邊。「我們兩個一起，這樣他就算衝出來，也比較有機會制止他。」

「嗯。」我點頭，手放到了門把上。

冰冷、不祥、恐懼不斷傳來，我顫抖不已，鄭一濬將手也覆蓋上了我的手，給我力量。

我們互看一眼，點了點頭後，一起用力的壓下門把。

門一打開，那恐怖的黑色人影已經消失，但我和鄭一濬還來不及鬆口氣，馬上注意到房間恢復成我們原本的模樣。

也就是一開始我們五個人的床鋪相鄰的模樣，只是羅小旻原本的位置並沒有染血。

「這是怎麼回事？怎麼可能一瞬間就……」在後頭的古子芸也見到這樣的狀況。

「你們看，那些是什麼東西？」而身高比我們還要矮的楊千莫注意到別的地方。

每張床鋪上似乎都放著不一樣大小的東西，並用白色床單蓋著，使得床鋪上有凸起。

「我總覺得有不好的預感。」我說，但還是慢慢地踏入了房間。

所有人跟著我進入，緊張地環顧四周，而茶茶率先跳到其中一張床上面，咬開了被單。

「啊！」

瞬間，一雙白皙的雙手就放在床的正中央，但床單上卻沒有沾染一絲血跡。

「難道……」鄭一濬立刻拉開另一張床的被單，出現的是整隻右腿，楊千莫也拉開另一個被單，出現的是整隻左腿。

我們幾個人看著剩下兩張床上的被單形狀，看起來是女性的軀幹以及頭顱，我們都沒自信看見那樣被分解的屍體，會有什麼樣的心理傷害。

從手腳的紅色指甲油看起來，是羅小旻沒錯。

而將她分屍的，大概就是我們剛才看見的那個怪物。

大家退出了門外，關上了門卻久久無法平復。

「羅小旻是被什麼怪物殺死了？」古子芸帶著哭聲說話。

「所以真的變成靈異小說？」楊千莫咬著手指。「否則要怎麼解釋關個門就會變化的空間？還有那明顯不是人類的怪物？以及羅小旻莫名被殺又莫名出現？還已經被分屍了！」

現在這種情況，真的不得不往這方面想，這也是最好解釋這一切的理由。

「但是為什麼？把我們都帶到這裡的，絕對是人類，那又為什麼會發生超自然的現象？這不合理啊！」我大聲地說，感受到自己的身體不自覺地顫抖著。

「你們玩過密室逃脫遊戲嗎？」忽然鄭一濬開口。

「沒玩過。」但大多數的人都搖頭。

「我玩過很多次。」我說，第一次是在小學的時候，古子芸姊姊曾經帶我去玩過一次。

詳細的解謎過程和故事背景我已經忘記了，只記得過程既緊張又刺激，大家要合力逃出一個密室，只要錯過一個線索，那就無法前進。

「那你應該知道，有一種比較豪華的密室遊戲，需要重重機關，我想把我們抓來這裡的人都很有錢，他們要製作這樣的機關並不難。」

「你的意思是……？」楊千莫問，但我忽然睜大眼睛，明白鄭一濬的意思。

「不要什麼事情都先往靈異方面想，有時候有些東西，還是可以用科學解釋。」鄭一濬推了一下眼鏡，似乎在說我們都太過容易掉入陷阱。

「他是說……或許有個機關就是把門關起來以後，他會在後頭轉換場景，切換到了人假扮的怪物進行那場浴室的分屍場景，又在我們關上門後切回了原本的場景，並把羅小旻的屍塊放上去。」我邊解釋邊看著鄭一濬，而他點頭。

「這種事情有可能嗎？這麼浩大的工程？」楊千莫覺得很不可思議。

「我認同，能大費周章把我們抓來，又布置這樣的密室……我認為做一個轉換場景要來擾亂我們神智的機關，並不是多不可能的事情。」古子芸摸著手中的茶茶，一邊說著。

「那意思是說……我們現在連門都不能關起來了？因為有可能會切換場景？」楊千莫看著每扇開啟的門。

「感覺也不是這樣……但只能確定，無論我們是在一起還是分開，這裡的人只要想弄死我們其中一個，那他們就是辦得到。」鄭一濬下了結論，這也是這段時間我們所得到的印證。

「如果早晚都要死的話，那不如現在就讓我死！我要死得輕鬆、死得不痛苦！」楊千莫抱著頭跪下哭著，這種情況讓大家都崩潰了。

「先不要想這麼多，我們連他們賜死的順序都不清楚。」鄭一濬東張西望著。「我們該喝點咖啡提神。」

說完，他就朝其中一間房間內走去，準備拿即溶咖啡。

而我們三人一狗待在走廊，短短幾天，已經死了一堆人。

我看了一下牆上的倒數時間，就快要來到可以出去的時候。

「泡咖啡要熱水對吧？我們應該要先去燒開水。」古子芸這麼說，便走進去她的房間準備燒水。

「你覺得這件事情會怎麼結束？」楊千莫問我。

「我不知道。」我停頓一下。「通常這樣的故事，結局都是只有一個人逃出去，或是全部死掉。」

「……誰會逃出去？」

「一定是主角會逃出去。」

「那不就只有你能逃出去嗎？」楊千莫再次掉下眼淚。「你不就是這本小說的主角嗎？」

「這……」

「所以你無論怎樣都不緊張對不對？反正主角一定能夠活到最後。」

「也不是這麼說，有些故事最後主角也會死，而是第二主角會活著。」我安慰著楊千莫，事實上，根據《死亡倒數》的調性，很有可能最後是全死。

但，我也早已不能用《死亡倒數》當作基準，畢竟早就脫離這故事原形很久了。

忽然，我感覺到肚子一陣刺痛，我愣了一下，低頭看去，只見肚子一陣血紅，而一把水果刀就插在我的肚子上，刀柄連接著一雙小手。

楊千莫緊咬著唇，淚流滿面，卻帶著強烈的生存意志看著我。

「如果主角死了，那剩下的人就有可能成為主角了，不是嗎？」楊千莫顫抖的說：「我一定要活下去……不管怎樣，我都不想死！至少不能在這邊死！」

她將刀子再次拔出，又要朝我刺下去。

「嗚！」我立刻往後倒，卻直接摔到了地板上，肚子的劇痛傳來，原來真的會痛！馬的痛死我了！

「你不要逃！反正……說不定你死了，你會回到原來的世界啊！你瞧，你回到原來世界，我還有可能在我這個世界活下去，這是皆大歡喜的！」楊千莫的雙眼已經被恐懼侵蝕，說服自己傷害我是為了大家好。

「楊千莫！妳別傻了！」我大喊著，但是好奇怪，為什麼動作這麼大，古子芸和鄭一濬都沒有反應？

茶茶呢？至少茶茶應該也會衝出來才是啊！

這個空間彷彿只剩下我和楊千莫一樣，難道這裡還有隔音設備？有這麼先進嗎？

正當我還在一籌莫展的時候，楊千莫已經再次舉起刀，朝我用力刺來。

第一次是因為她出其不意，所以我來不及反應，她雖然已經三十幾歲，但外型畢竟只是個孩子，所以我很輕易就可以反制她。

我抓住她的手腕，還想柔性喊話，但是楊千莫卻利落地立刻將刀子從右手換成左手，又往我的手臂刺過來。

「嗚！」我吃痛地喊了聲，下意識放開了原本抓住她的手，結果她立刻就往後面一跳蹲下，像是貓一樣輕巧。

我見到了不可思議的景象，楊千莫整個人違反了地心引力，雙腳居然是踏在牆壁上。

「楊千莫，妳……」

「你就乖乖去死很難嗎？你死了我們才能活下去啊！一個沒了主角的小說會怎麼樣，你不好奇嗎？」楊千莫邊說，邊帶著瘋狂的微笑，似乎不覺得此刻的她雙腳的位置在牆面上有什麼不對勁。

「楊千莫！妳是鬼嗎？妳的腳站在牆上！」我捂著自己的肚子和手臂，鮮血不斷淌出。

「鬼？」楊千莫一愣，看了自己的腳。「我怎麼了嗎？」

她完全沒有發現有任何詭異之處，又帶著怪笑看著我。「你不要想轉移我的注意力喔，我知道你想拖延，但只要你不反抗，我很快就會殺死你，不會痛的，乖。」

「妳在做些什麼？」我覺得很可怕，她的動作熟練，也絲毫不緊張的模樣，讓我覺得這不是她第一次拿刀傷人。

雖然更詭異的應該是此刻她的模樣，但這是小說世界，什麼都是有可能發生的啊！

「妳不是第一次做這種事情嗎？」

「什麼事情？」

「殺人。」

楊千莫又愣了下，然後看著手中的水果刀，有些發起呆來。

這是個好機會，我貼著後面的牆，要慢慢移動到別的房間。

「好熟悉呀，你講的話，是聽過的話。對你來說，就是聽到的話，是講過的話。」楊千莫不知道在說些什麼，忽然抬起頭看向我。「你不覺得熟悉嗎？」

「什麼？」

「這是你的世界啊。」楊千莫說完，忽然從牆上一個縱身朝我跳來。

這樣不行，我會被她殺死！誰知道是不是真的死了就能回到現實世界，說不定死了以後就真的死了，我可不想試這個萬一。

所以我下意識抬起腿朝她一踢，楊千莫整個人就被我往後踢了出去，撞上了牆。

我可不能在這心軟停下，至少得搶回她手中的刀才行。

所以我立刻衝了過去，將楊千莫壓在地上，可是她的力氣好大，好幾次都要掙脫，而且握住刀的手非常有力，我怎樣都沒辦法搶下刀子，甚至一直被她的刀劃傷。

我沒辦法了，只好動手打了她，但楊千莫好像不會痛一樣，臉上甚至沒有出現傷痕，她還是一直在用刀子傷害我，所以我只能握住拳頭，一拳、一拳地往她臉上揍下去。

最後她終於不動了，我喘著氣從她身上爬起，沒忘記搶過她的刀子。

「那都是他的錯，因為他有問題。」楊千莫躺在地上，像是自言自語。

「我不是故意要打妳，但妳拿著刀想殺我。」我握緊手中的刀子，一面這麼說。

楊千莫就像是在發呆一樣，看著天花板發愣，喃喃地說：「那也不是我的錯，因為是你的錯，如果你乖一點的話，我就不會傷害你。」

「我根本什麼事都沒做！妳在講什麼！」

「乖一點，乖一點。安靜，不要哭，不要吵，不然你不能回爸爸媽媽那裡。」

楊千莫忽然坐起來，雙眼雖然直勾勾地看著我，但卻像是沒有靈魂一般，宛如空殼。

「我只是想跟你做朋友！」

「什……」

我還來不及說完這句，從楊千莫的背後出現了一個巨大的黑洞，周遭的一切都被黑洞吸入，整個世界天搖地動，我急忙要抓住旁邊的東西，但是吸力太大，根本沒辦法抵擋，就這樣我也被吸入了那個黑洞之中。

「古子芸！鄭一濬！」我大喊著，想要提醒他們快跑。

「向湑，你怎麼了？」但我忽然感受到自己的臉頰被用力打了好幾下，睜開眼睛，我還在那個走廊。

「你是睡著在夢中叫我們嗎？」鄭一濬一臉嫌棄地從房間探出頭，手裡還拿著即溶咖啡包。「叫古子芸就算了，叫我有點噁心。」

我全身都是汗，喘著氣看著四周。「楊千莫呢？」

「她不是跟你在這裡嗎？」古子芸一臉狐疑，東張西望看了下。

「她、她剛才……」我愣住，剛才的事情是我在做夢嗎？

「剛才？」

「你們都沒聽到什麼聲音嗎？」我看著他們兩個。

「有聽到你和楊千莫在說話的聲音，再來就是你大喊我們名字。」鄭一濬拿著咖啡走出來。「在這麼短的時間你也能睡著，會不會太誇張？」

怎麼可能，剛才真的是做夢？這麼真實？

我立刻看向自己的肚子，哪有什麼傷啊，連血都沒有，手臂也是。剛才的疼動這麼真，可是卻是夢。

這夢還真是不吉利，而且也太清楚。

「向湇，你還好嗎？」古子芸十分擔心。

「我沒事。楊千莫人呢？」我立刻站起來。

「這裡就一丁點大，是能去哪。」鄭一濬還有閒情逸致地走回古子芸煮水的房間，正巧水已滾起，他慢條斯理地拉開咖啡包裝，倒入了四個杯子之中，再拿起熱水加入。

咖啡的香氣瞬間充斥整個空間，而古子芸則朝其他房間喊：「千莫，咖啡好了喔。」

但是走廊一陣安靜。

「楊千莫？」古子芸又重複一次。

鄭一濬端著兩杯咖啡走出來。「拿去。」把其中一杯交給古子芸，另一杯要遞給我。

「等一下，有點奇怪。」我立刻這麼說，就要往前走去。

「怎麼回事？」鄭一濬問向古子芸。

「我們喊楊千莫，但是她都沒有回應。」古子芸也有些擔心了。

「不是說了，這裡也沒多大，看一下不就知道。」鄭一濬拿著咖啡，跟在我身旁一間間房間查看。

「楊千莫！」古子芸則喊著她的名字。

終於在最後一間房間，我們找到了楊千莫。

她被打得鼻青臉腫，不成人型地躺在正中央，周遭都是血跡噴濺的痕跡。

我們所有人都愣住，上一秒楊千莫還在走廊上與大家說話，下一秒她卻一個人死在這空房裡面，前後過程差不到一分鐘，我們甚至都沒有聽見她求救的聲音。

「楊千莫！」古子芸嚇得顫抖，而茶茶已經先一步上前在楊千莫身邊繞著，甚至還用小舌頭舔了她的手指，但楊千莫毫無反應。

「她死了。」鄭一濬說這句話的時候，瞳孔還有些發亮。

注意到我的視線，鄭一濬立刻收斂了一下，咳了一聲。「我只是……」

「我知道，喜歡死亡的氣息。」我說。

他似乎也沒覺得有什麼好不好意思，只是聳聳肩。

我們靠向楊千莫，她早就面目全非，拳拳力道都不輕，要置她於死地。

「現在發生什麼事情我都不意外了。」鄭一濬還閒情逸致地喝了口咖啡。

「你不是跟楊千莫待在走廊嗎？」

「對啊，但不知道為什麼就變成這樣。」我說。

「你去拿咖啡，我去煮水，這前後沒有花多少時間，上一秒還聽見你們在講話的聲音，之後再出來，向清你就睡著了，然後楊千莫死在最後一個房間……」古子芸整理完後皺緊眉頭。

「時間短到向清睡著和楊千莫死亡都是不合理的事情，但既然發生了就是發生了。」鄭一濬補充，又看了我一眼。

「等一下，你是覺得我是嫌疑犯？」

「就現場狀況來說你最有可能。」

「嗯……但是那時間短到向湇不可能傷害她到那種程度，更甚一點聲音都沒有。」古子芸為我辯解，我也用力點頭。

「我剛不是說了嗎？時間短到不合理，但事情就是發生了，所以用時間探究沒有意義。」鄭一濬搖頭。「向湇，剛才在外面發生什麼事情？」

「我、我就是……」

我做了一個楊千莫要殺我，最後我反擊，但她卻像個怪物一樣不會死的夢。

但這個說辭，怎麼樣都像是在承認我自己是兇手吧。

我明明沒有殺她，我只是被這空間影響，所以才會做那樣的夢，而現實中她也剛好是以同樣的方式死了罷了。

等等……什麼叫現實，什麼又是做夢呢？

我現在在小說之中，還有分什麼現實和夢境嗎？

「你就是怎麼樣？」鄭一濬問，還又喝了一口咖啡。

「我就是……做了惡夢，所以才……」

「那麼短的時間，你是怎麼睡著的？」古子芸問。

「我不知道，我就上一秒還在跟她說話，下一秒忽然就被你們叫醒。」我停頓了一下，要說實話還是謊話的想法在我心中天人交戰，但我注意到鄭一濬的眼神。

我明白，我是沒辦法晃點他的，說謊話只會顯得我更加可疑，雖然……那只是夢，但是在夢中我的確是感受到痛了，所以表示在這受傷，我也會感到痛，甚至不知道有沒有辦法回到現實。

那個夢境，有可能，也是現實。

「我夢見……楊千莫要殺我……」所以我把一切都告訴他們，聽著我的話，古子芸慘白了臉，而鄭一濬則專注聽著。

「所以你在夢裡殺了楊千莫。」

「不是。你沒有聽清楚。我是說我在夢中打了她，但是夢裡的楊千莫就像個怪物一樣完全沒有事，我為了搶過她的刀才會那樣，但她在夢裡沒有事情！」

「可是她現實中卻以一樣的方式死掉了。」鄭一濬看著後方的屍體，上前拿了白色被單把楊千莫蓋起來。「我喜歡死亡氣息，但並不崇尚殺人。」

「但是向淯沒有殺人……」古子芸還是想要幫我說話。「我們進去出來的時間那麼短暫，他要怎麼動手？」

「我們都知道這裡並不正常，不能用常理推斷，所以時間長短這種事情也不能當作他是無辜的理由。」

「你現在又相信這裡不正常了？你上次在房間轉變的時候不是說一切都有科學解釋？」

「好，那你說這一次要怎麼科學解釋？難道你的夢還能被操控？」鄭一濬大聲地回應。

操控夢境？

「你知道夢境是真的可以被操控的嗎？」說這句話的是古子芸，她抱起了茶茶，一面撫摸著牠一面說。「清醒夢聽過嗎？只要能意識到自己正在做夢，那便能操控夢境的發展，在自我的夢境之中，將變得無所不能。」

他的話讓我們兩個一愣，清醒夢這名詞我倒是第一次聽見。

「但這也是操控自己的夢，和我剛才所說的有什麼關連？」

「要是反過來呢？把我們關進來這裡的人們操控了夢境，甚至在這時候殺掉了楊千莫，那一切不就變得可能了？」

「我不知道為什麼妳一直會想幫向淯說話，妳真的相信他？」鄭一濬拿下眼鏡，按壓了鼻樑。

「我也好奇為什麼妳會一直想要懷疑他。」古子芸一頓。「為什麼不懷疑我？」

「怎麼可能會懷疑一個女生。」鄭一濬很快地接著說。

「你這樣是一種歧視嗎？為什麼女生就辦不到這樣的事情呢？」

「我不想探究這件事情，反正我不相信向淯。就算任何事情都有科學解釋、或是沒有，都不重要。剛才的確就只有向淯和楊千莫兩人單獨相處，這是不爭的事實。」鄭一濬戴上眼鏡，嚴厲說著：「無論兇手是不是向淯，又或是真的有外人，我都不會相信向淯。我只相信我自己。」

說完他就轉身離開，留下我和古子芸面面相覷。
「謝謝妳相信我。」
「不會，這是應該的。」古子芸對我微笑。
雖然很感謝她，但是我也不免有些疑問，為什麼她會如此相信我呢？
「嗯……我也不知道，我就是覺得要相信你。」她摸了一下懷中的茶茶。
「我腦子似乎有個聲音，一直要叫我相信你、相信我們會活到最後。」
這聽起來真有點詭異，但既然是說相信我，那就不需要考慮太多了。
「嗯，就相信我吧！我們一定能活到最後！」
於是我這麼說，古子芸也回以我微笑。
懷中的茶茶似乎也決定站在我們這一邊，用炯炯有神的眼睛看著我，然後打了個哈欠。

第七章 現實

看著古子芸和茶茶，我更加有了信心。畢竟有人願意站在你這邊，在這種時候是多重要的一件事情。

「我想鄭一濬也不是壞人，雖然他一直在找你麻煩就是了。」古子芸和我一邊走出了房間，一邊輕聲說著，還笑了出來。

「我知道，要是我一定要懷疑一個人，我也會懷疑他。」我也跟著笑，但就在踏出走廊的時候，我和古子芸都愣住了。

走廊並不是我們原先待的那個宛如飯店般的模樣……而像是學校的走廊一般……

「這是……怎麼回事？」古子芸愣了下，抱緊了懷中的茶茶，牠也發出了些微不安的低鳴。

「又是另一個空間嗎？那現在是現實還是夢境？」

「你說什麼？」古子芸在我後頭說，我立刻嚇得回頭，還下意識往後跳一大步，害怕古子芸又會向楊千莫一樣，忽然衝過來要攻擊我。

「你、你怎麼了？」過於大的動作和表情，讓古子芸也跟著嚇了一跳。

「現在是夢境還是現實？」

「你在說什麼啊？」她似乎完全狀況外，茶茶也跟著吠叫。

「鄭一濬！鄭一濬你在哪？」我一面警戒地看著古子芸，一面大聲地喊。

但沒有鄭一濬的聲音，也沒有其他的聲音，這裡安靜無比，且十分熟悉。

「向湕，你不要嚇我，到底發生什麼事？怎麼會忽然變成奇怪的地方？」

「剛才、剛才就像這樣！我和楊千莫忽然就像是到了另一個空間，可是不是變成學校，一樣是走廊，但就是另一個空間！然後楊千莫就忽然要殺我！我奮力抵抗，在夢裡她沒死，但是在現實她卻死了！」

或許是因為驚慌，讓我講的話亂無章法，但是古子芸似乎聽懂了，她放下了茶茶，還囑咐地說了聲：「不要亂跑。」

茶茶就像是聽得懂一樣，原地轉了幾圈，然後坐下來乖乖等著。

古子芸見狀後滿意地點點頭，然後再次看向我，並且把雙手往上舉，擺出投降的姿勢對我說：「向湇，你不要緊張，我不會對你怎麼樣。這裡不是夢境，是現實，我們從房間走出來以後，就變成這個模樣了。我身上沒有別的東西，所以不會傷害你。」

我有些緊張地看著她，地上的茶茶也專注的看著我。「真、真的？」

「對，不要擔心，如果你真的很害怕，那就由你來靠近我好嗎？我的手會一直這樣舉著。」古子芸點著頭，態度十分誠懇。

我想著古子芸無論發生什麼事情，都站在我這邊、相信我，所以現在……現在我是不是也該這麼做？

就算她是假的好了，就算她藏有刀也要傷害我，但若是在夢境中，我就不會死，只是會痛。

那何不……就賭一次呢？

這麼想後，我就緩緩靠近她，隨著我的靠近，古子芸的臉部表情也逐漸放鬆，但是她始終高舉著雙手。

就在我的手貼到她的手掌後，她才鬆了一口氣，對我微笑說：「瞧，沒事吧？」

我感受到她的掌心傳來的溫度，以及那微微顫抖和手汗，我才確定不是夢境，她也沒要傷害我。

「對不起……我真的……」我垂下頭，覺得自己剛才的樣子很失禮，但古子芸的手指卻握住我的手，與我十指緊扣。

「沒關係，在這種環境下，誰都會這樣的。」她就像是聖母一般微笑著，並包容著我的一切，這讓我有些無地自容。

茶茶則因為危機解除了而開心地轉著圈並「汪」了聲，這時候我們兩個人相視而笑，古子芸牽著我的手並沒有放開。

「那現在要怎麼辦？」我們看著前方的走廊，像是沒有盡頭般地延伸，兩邊都是開著門的空教室。

有趣的是，教室另一面原本該是可以看見外頭風景的窗戶，竟然也是走廊，且走廊的對面又是空教室，無限延伸宛如鏡像。

「我們最好不要亂走，迷路就慘了。」我對古子芸說，她也同意。

「汪！」這時候茶茶又叫了一聲，對著我們搖尾巴，然後轉身往前方走。

「茶茶！」古子芸喊道，但是茶茶又汪了聲，轉過頭看了我們，接著又搖尾巴往前走去。

「牠是在叫我們跟牠走嗎？」我不確定地問。

「看起來好像是……但茶茶真的知道路嗎？」

「人家不是都說動物會有野性的直覺嗎？或許我們跟著茶茶走，真的可以找到出口。」

古子芸聽了我這麼說後，也點頭同意，於是我們就跟在茶茶後頭走，牠一路回頭確認我們有沒有跟上，一方面又熟門熟路似地轉著彎，我們進入好幾間空的教室，發現每間教室似乎都長得一樣，無論擺設、位置、還是黑板上的字跡寫著五月九日，讓我們意會到這似乎都是一模一樣的教室。

我們像是在鬼打牆一樣，內心的不安越來越重，和古子芸交握的手也加重力道，她的不安也從手心的汗水傳來。

但茶茶似乎很有自信，一點疑惑也沒有地左彎右拐，最後停在一扇門前。

「汪！」牠開心著搖著尾巴，然後來到古子芸的腳邊磨蹭。

「好像到了。」古子芸彎腰抱起了茶茶。「只有這扇白門和其他的門都不一樣。」

我回過頭，看著走廊兩側依舊還是那些大門敞開的空教室，唯獨這尾端有了扇白門。

「要打開嗎？」

「一定要的吧？」古子芸失笑，又朝我伸出手，我沒有猶豫地握了上去，另一手搭上了喇叭鎖。

「那……我要開了喔。」

「好。」

我嚥了口水，古子芸也握緊我的手。

「汪！」茶茶又叫了一聲，給了我們自信。

接著我用力轉開喇叭鎖，一到白光從裡頭出現，我和古子芸被亮得瞇起了眼睛，吹來了一陣風。

「你們搞什麼啊！」一陣怒吼傳來，我立刻睜開眼睛，只見鄭一濬氣急敗壞的瞪著我們。

而我立刻回頭，原先後方的學校走廊已經變回了一開始我們待的房間，而鄭一濬站的位置則是房間走廊。

「這是……怎麼回事啊……」古子芸覺得十分不可思議，低頭看了懷中的茶茶。「你真的好厲害。」

「汪！」茶茶搖著尾巴，非常開心。

「你們要不要解釋，這八個小時你們跑去哪了？」鄭一濬的眼睛已經充滿血絲，但他說的話卻讓我們兩個大驚。

八個小時？

我們不過是被困在那空間不到一小時才是啊！

「八小時？但、但我們在那個空間，大概只有一個小時啊。」古子芸也慌了。

「空間？怎麼回事？」鄭一濬皺眉，他在強迫自己冷靜。

於是我們把剛才的空教室還有不斷延伸的走廊告訴他，最後是在茶茶的帶領下才走出那個異度空間。

「這是真的？」鄭一濬依舊不相信我的話，又看著古子芸確認一次。

「是真的，我們不過就是走在你之後，踏出走廊就已經是不一樣的風景。」

古子芸用力點頭，而鄭一濬陷入沉思。

「汪汪！」懷中的茶茶也配合地叫了幾聲，似乎在聲援我們。

「如果是真的，對你們來說不到一個小時，但對我來說卻已經過了八小時，不同空間，時間的流逝也會不同，但沒有快或是慢的規則。」

「快或慢的規則，這句話意思是……？」古子芸皺眉。

「你們進去那個空間，覺得只過了一小時，但我這裡卻是八小時。而向淯和楊千莫的場合，是對他們來說是很長的時間，但在我們的現實卻只有一瞬間罷了。」

「等一下，我和楊千莫和這個不一樣，我那個是夢境！」我趕緊澄清。

「為什麼一樣是異度空間，楊千莫的就是夢境，你和古子芸就是現實了？」鄭一濬冷笑。「是因為你不想承認你殺了楊千莫嗎？」

「我沒有！我不是說了，在夢裡面她跟妖怪一樣會吸在牆上，而且她還拿刀刺我，我反擊她也不痛不癢啊！」

「但是現實中的她因為你的反擊死了啊！」

「那現實中的我也沒有刀傷啊！」我大吼回去。

「誰知道在那地方你有沒有真的被砍？死無對證，你要怎麼說都可以！」

鄭一濬對我的信任已經全然瓦解，任憑我說什麼也沒有用。

「我們現在只剩下三個人，就不要這樣互相懷疑了。」古子芸再次打圓場，但是鄭一濬卻往後退了一小步。

「只剩下三個人，不就更明顯嗎？兇手就在我們其中，我一直不相信向清，但若妳堅持要站在他那裡，那我也只能把妳當作懷疑的對象了。」

「什麼？」古子芸不敢相信。「我真的不是，我沒有殺人。」

「我相信妳不是，但妳這麼聰明的女生卻看不出向清的可疑，甚至無條件一直信任他，這讓我不禁對妳產生了疑問。」鄭一濬沉著臉，那表情非常可怕，已經到了精神崩潰的邊緣。

古子芸握緊了拳頭，咬著下唇看了我一眼，然後又低下頭，肩膀有些顫抖地說：「我、我不是沒懷疑過向清，但同時我內心有個聲音要我相信他，所以我想相信我的直覺。」

「女人的直覺最不準了。」鄭一濬冷笑，不斷往後退。

「應該是女人的直覺通常最準吧。」我對鄭一濬說，但是他似乎不打算搭理我。

「我在這八小時內……想著剩下我一個人了該怎麼辦，不斷的吼叫，在各個房間對著什麼都沒有的角落喊……『可以了吧？剩我一個人了，放我出去了吧！』但是沒有任何回應，我在想……他們是不是真的要我們全部的人都死了，才善罷甘休？」說到這裡的鄭一濬抬頭看了我和古子芸一眼，雖然只有瞬間，但是那眼神十分危險。

「然後看到你們，我明白了……不是要我們全死，是因為還沒死完……」

「鄭一濬……你不要衝動，我們自相殘殺不會有好結果！」我立刻雙手掌心朝著他戒備，還要古子芸遠離點。

「呵呵……」他古怪地笑了起來，古子芸也有些害怕地退後點。

「你們不需要擔心，」鄭一濬整個人貼到了牆壁邊，瞪大雙眼看著我們，身體些微顫抖著，還帶著怪異的笑容。「我為了自保，想說至少要帶著武器……結果……沒想到那些刀子啦、瓶蓋啦、玻璃什麼的，連我的瑞士刀都不見了。」

說實話我鬆了一口氣，要是這時候讓精神狀態不穩的他拿到那些東西，天知道會發生什麼事情。

「鄭一濬，我發誓我絕對不會傷害你，我也沒殺任何人。但如果你攻擊我的話，我會反擊。」於是我這麼宣示，鄭一濬再次冷笑一聲，轉進去了後面的房間，然後上鎖。

「他還好嗎？」古子芸皺起眉毛，臉上滿是擔憂。

「在這裡不發瘋也很難。」我苦笑，看了一下牆上的時間，然後朝她點頭。

「手機應該沒有不見吧？」

「手機在這。」古子芸從口袋拿出手機，上頭的小白鼠吊飾的紅色眼珠似乎閃閃發亮。

「為什麼妳最喜歡的動物會是小白鼠？很特別耶。」

「因為……小白鼠的染色體和人類非常接近，基因組相似度很高。我們很多實驗都會用小白鼠來測試，牠們為我們人類犧牲奉獻，所以我才會喜歡牠們。」

「妳這麼說也沒錯，但一般高中生很少會想到這點吧。」我抓了後腦，看著她懷中的茶茶。「感覺應該會喜歡小狗小貓的。」

「也是喜歡啦。」古子芸一笑，稍微摟緊了懷中的茶茶一下。「那我們該怎麼離開？」

「到時候妳就知道了。」看著緊閉門扉的鄭一濬，到時候還得帶他出去。

「他應該不會傷害我們吧？」古子芸也感受到剛才的怪異氣氛了。

「應該是不會……反正他也沒有武器。」我安慰著她，也給自己打氣。

無法想像如果我是鄭一濬，另外兩個人消失了，我一個人獨自度過八個小時，沒其他活物，沒人對話，陷在這裡逐漸發瘋……我會怎麼做？

「我一定要逃離這個鬼地方。」我默默地說出了這一句，而古子芸拉住我的手。

「對，我們要一起逃出去。」她的雙眼散發著希望，以及對我的信任。

我看著她的手機，我們全部的希望都在那裡了。

在原本的故事之中，他們最後因為想搶奪短暫有訊號的手機求救，不慎把手機摔到了門邊，當手機再次拿起來後，訊號已經消失。

後來古子芸怕手機再次被搶，便與向淯一同把手機藏在牆壁上隱藏的開關裡，就這麼陰錯陽差，之後發生了大停電，但很快的發電機啟動，就在那個瞬間，或許和手機產生了靜電還怎樣的化學反應，引發了小小的爆炸。

也因為那小小的爆炸，導致開關短路，門就這麼被開啟了。

而那個停電的時間，再過沒多久就要到了。

「你能告訴我，到底要怎麼逃出去嗎？逃出去以後，又是什麼等著我們呢？是真的就是外面的世界了嗎？我們在哪裡呢？」

古子芸一口氣問了許多問題，我明白她的不安，尤其是現階段。

原先我不想說出來，是因為怕暗中觀察的人們會因為知道我們的計畫而改正，讓我們錯過離開的機會。

但現在想想，無論我們發生什麼事情，甚至鄭一濬鬼吼鬼叫，他們也絲毫不會干涉，所以我想，或許他們根本不在乎我們想做什麼，只會靜靜地看著事情的發展吧。

但同時，我又想到一個問題。

當我們在異度空間的時候，那些人知道嗎？他們看得到嗎？那些異度空間絕對不可能是被安排好的吧？畢竟和現實的時間流逝完全不同，那跟我們當時開門看見黑影在分屍的解釋層級完全不一樣。

所以有沒有可能，我以為這裡是小說世界，但其實已經不是小說的世界？

「嗚！」

忽然我感到頭痛劇烈，雙手抓著頭的兩側蹲了下來。

「向淯！向淯，你還好嗎？」古子芸也蹲到了我旁邊關心，但她的聲音好遠，像是老舊唱片般斷斷續續，且回音很大。

頭痛的感覺越來越強烈，我整個蜷縮到地板上，我想大概口水都流了出來，眼睛甚至翻了白眼，不斷抽搐著。

「向淯！」古子芸焦急地大喊，這聲音也引來了鄭一濬的注意，他打開門縫看著。

「他怎樣了？」

「我不知道，他忽然就倒下來，好像很痛一樣。」古子芸朝他求救。「你那邊有什麼藥嗎？」

「……我不知道是不是你們合謀起來騙我，要引我出去。」鄭一濬的戒心十分重，又多看了我幾眼。「他看起來不對勁。」

「我們幹麼要騙你！」古子芸急哭了。「向淯！向淯，你聽得到我的聲音嗎？」

啪！

忽然之間，剛才的頭痛好像假的一樣，就跟它無預警地出來一樣，現在也無預警地結束，宛如開關燈電源般切換自如。

「我、我沒事了。」我從地上坐了起來，頓時覺得有點尷尬。

「嘖。」鄭一濬哼了聲，用力關上房門，他大概覺得自己被耍了吧。

「你要嚇死我了，剛才是怎麼了？」古子芸邊掉淚邊拿出衛生紙給我擦嘴，我以為口水流出來了，才發現是白色泡沫，雖然跟口水也是一樣的，但我剛才居然口吐白沫了？

「我就突然覺得頭很痛，非常痛……」我餘悸猶存的整理好儀容。「抱歉，嚇到妳了。」

古子芸搖搖頭。「你以前會這樣嗎？」

「不會，我幾乎不會頭痛。這麼痛還是第一次……」我一邊說一邊起身，茶茶正在一旁坐著歪頭看我們。

「然後突然間就不痛了？」

「對，我也覺得很奇怪。」

「你剛才那樣很像癲癇，不像是頭痛……有病史嗎？」

「沒有，我本人沒有。小說裡的向淯也沒有發生過這樣的狀況。」

古子芸沉思著。「這裡說不定已經不是小說世界了。」

我心一驚，沒想到古子芸和我想到一樣的事情。

「我也……」

嘰拐——

就在這個時候，後面的門被快速打開，鄭一濬迅雷不及掩耳地衝了過來，先是把古子芸往牆壁上撞過去，力道之大沒有在客氣，古子芸無法應付突如其來的撞擊，被摔得七暈八素，倒在牆邊無法動彈。

而茶茶在一旁吼叫，甚至撲了上來要咬鄭一濬的手腕，但是無奈茶茶實在是隻小小狗，鄭一濬也早有防備，用力一甩，就把茶茶甩了出去。

小小隻的茶茶摔到了牆上，發出痛苦的嗚咽，倒在那顫抖。

「你……」我才想大聲斥責鄭一濬，一個刀光就猛然襲來，我下意識閃過，只見制服上衣被劃了一刀，甚至刀尖還些些擦過我的胸口，一道紅色痕跡緩緩顯露。

「我不相信你，如果真如你所說，你是穿越過來的，那殺了你，不就可以回到原點了？」鄭一濬雙眼腥紅，他的理智也被摧毀了嗎？

「你和楊千莫說了一樣的話！醒醒吧，鄭一濬！你不是很聰明嗎？」

「和楊千莫一樣？所以等等你也會殺了我囉？」鄭一濬放聲大笑，抓緊了手中的瑞士刀。

「你不是說武器都不見了？為什麼會……你不也說謊了嗎？」

「對，武器不見了。但是剛才我在房間，這把刀就憑空出現在我的手中，你相信嗎？這不就表示……要我殺了你嗎？」鄭一濬看著手裡的刀，接著對我狂笑。「只要你死了，一切就解決了！」

我看古子芸似乎是暈過去了，茶茶則發出嗚咽聲，他們應該都沒事……鄭一濬也沒有真的要傷害他們的傾向。

「好，如果你要這麼做的話，那我也會反擊。」我握緊拳頭，想與他來場赤拳對刀子的打鬥，但就在這時候，我的手中卻出現了高淑君那把陶瓷刀。

就真的像鄭一濬所說的，憑空出現。

「看來……這個地方，也想要我們自相殘殺！」鄭一濬看著那刀的出現並沒有驚慌失措，而是大笑了起來。

「如果……這真的就是他們要的，那就來吧！」我大喊著，但也不知道口中的「他們」是誰。

就這樣，我朝他衝過去，鄭一濬也衝了過來，我們根本不知道怎麼殺人，也不明白怎麼躲過武器的攻擊，很快地雙雙都被對方的利刃刺得遍體鱗傷，血液也在空中飛濺。

不知道是腎上線素爆發還是怎麼樣的，我竟然覺得沒有想像中的痛。

就在我們一邊帶著警戒與殺意看著對方，一邊往後退各聚一方喘息時，卻發現了不對勁。

鄭一濬的衣服被我割得稀巴爛，身上的血痕與傷口也不少，可是我卻發現他的傷口正在癒合。

就在我正準備大叫時，他卻先一步指著我，露出和我一樣驚恐的神情大吼著：「你還說你是正常人！你看看你的傷口！」

我低頭，發現自己不會痛的原因。

我的傷口，居然也正在癒合當中。

我瞪大眼睛，還來不及做出反應，鄭一濬已經朝我衝了過來，一面發狂大叫：「你這個怪物！我要殺死你、殺死你！」

「等一……」因為分心加上他衝來的速度太快，使得他那把刀直接沒入我的心口，劇痛傳來，在刀尖拔出時，鮮血也噴灑到了牆面。

鄭一濬露出了解脫的笑容，但馬上瓦解為絕望，因為我的傷口又癒合了。

「啊……啊啊啊！你果然是怪物，你就是最後的大魔王……我們都死定了！」他歇斯底里大叫著，這種時候，我竟然還覺得他說出大魔王這三個字有點可愛。

「鄭一濬，我不是最後的大魔王，也不是怪物。」我也延用他的形容詞。

「你看看你自己，傷口也癒合了。」

「我怎麼可能……」鄭一濬話沒說完，低下頭一看驚奇萬分，他摸上自己原先被我砍傷的地方，然後又抬頭看我。「這是怎麼回事？」

「我不知道，但這樣看來，我們都不會死，至少不會被對方殺死。」我如此說，率先把手上的刀放下，代表我無意鬥爭。

鄭一濬思考了一下，也鬆開了手，瑞士刀應聲而落。

「剛才陶瓷刀憑空出現在你手中，跟我的瑞士刀一樣，我以為這就是說明我們必須自相殘殺。」鄭一濬稍稍恢復了理智。

「但現在看來只是要告訴我們自相殘殺是沒有意義的。」我邊說邊蹲到古子芸身邊輕輕搖晃著。「古子芸，妳還好嗎？」

鄭一濬似乎有些自責。「既然我砍你、你砍我也都沒事了，那她應該也不會有事情才對。」

「正常來說是這樣沒錯，只是我們是互砍，你剛才是撞她，不知道有沒有差。」我故意這麼說，想讓他更有罪惡感。

鄭一濬摸摸鼻子，來到了茶茶身邊查看，輕撫摸了一下。

「吼汪！」但茶茶猛然跳起，還用力咬了一下鄭一濬的虎口，接著立刻朝我們的方向跑來。

「好痛。」鄭一濬小聲地說，有些無奈地轉過頭，茶茶對他豎起全身的毛與尾巴，十分警戒。

「傷口還在嗎？」我則淡淡地問。

「不在了。」鄭一濬把手攤開給我看，茶茶的咬痕正消失到原本的模樣。

「所以我們真的不會受傷……那這樣的話，其他人是怎麼死的？」

「或許我們彼此不能互相殘殺，但是外人可以殺了我們。」懷中的古子芸忽然開口，我嚇了一跳，她則緩緩起身。

「妳沒事吧？」

「沒事。只是一開始真的痛到昏了過去。」古子芸瞪了鄭一濬一眼。「現在滿意了嗎？」

「至少確認了我們三個都不是兇手。」鄭一濬還是嘴硬。

「我們現在必須重新思考這個地方了。」我說。

一開始，我單純以為這裡只是我看過的小說世界，以為只要能順利的活到最後就能夠離開。

但是隨著故事的發展越來越偏離小說軌道以外，最後連異度空間甚至幽靈殺人的事件都出來了，現在更是讓我們無法自相殘殺。

「這裡……說不定不是小說的世界。」

「一開始是你說這是小說世界，現在又說不是小說世界？你是有什麼問題！」鄭一濬有些惱火。

於是，我把那些藏在心理的推論都告訴他們，包含他們的長相都是我現實中認識的人物，甚至連古子芸的名字都和我現實中的鄰居姊姊一樣。

「這種事情你居然現在才講。」鄭一濬怒不可抑。

「因為我原本以為只是腦袋自動投射我認識的人罷了……」

「那我們對你有什麼意義嗎？」古子芸問。

「意義？」

「不是說現在的我們，是我們的長相，在你的現實裡頭，這些人是你重要的人嗎？」

我搖頭，除了古子芸姊姊外，其他人根本是沒深交、也沒見過幾次面、甚至連本名都不知道的存在，怎麼可能對我有什麼特殊意義……

但……我又有什麼好朋友嗎？我好像完全沒有印象。

我的生活怎麼樣，我的過去是如何，這些事情都十分模糊。

來到這裡以後，好像這邊都取代了我的真實世界了……

「向淯，你在想什麼？」古子芸的話把我拉回來。

「沒想什麼。」

「你最好一五一十告訴我們，否則要我怎麼信任你。」鄭一濬手比著我。

「我是說真的，那些人對我沒有任何意義，你的長相是我高中裡愛欺負人的同校學生，陳文彥是我網友、楊千莫是租屋處的鄰居、高淑君是早餐店的阿姨……」我一一說明每個人在現實與我的關係。

「真的都是非常稀薄的連結……」古子芸也咬著下唇，然後看著茶茶。「那茶茶呢？」

「蛤？」

「牠在你的現實有出現過嗎？」

「怎麼可能！」我忍不住笑了出來。

「既然這邊每個角色都是你現實中出現的臉，那狗也在其中也不奇怪吧。」

鄭一濬倒是同意。

「這麼說起來……」我努力回想，但徒勞無功。「茶茶不是特別的犬種，況且我也不太會認狗……就算真的有存在，我想我也不會記得。」

「嗚嗚。」茶茶彷彿聽得懂我們的話，發出了可憐的嗚嗚聲。

「抱歉啊，茶茶我不是故意不記得你的。」我笑了笑，伸手摸了茶茶，在那一瞬間，覺得自己好像也曾經這樣摸過一隻狗的頭頂。

但視線高度不太一樣，手掌的大小也不太一樣。

那畫面一閃而過，連我都不太確定是不是真實發生過。

「好，那如果不是小說世界的話，這裡會是什麼？」鄭一濬深吸一口氣，將話題拉回到最一開始。「即便我覺得自己是真實存在，這裡也不是我認知中的現實。」

「沒錯，現實是不可能發生這些事情的。」古子芸思忖著。「假設……這裡發生的事情都是在虛擬又架空的情況下，才有可能生的，那這裡會不會是虛幻的世界？」

我內心一震。「妳的意思是，這裡是個假的世界？」

「虛擬世界，你一開始說的小說世界也是屬於同一種，只是這裡已經超過了你原本說的小說世界設定，所以你的猜想或許是對的，這裡已經不是小說世界了。」古子芸的話聽起來有些難懂，但卻可以理解。

「如果依照古子芸的說法，這裡是虛擬世界，但卻建立在你的現實之下，這樣這裡……是不是你創造出來的虛擬世界？」

「我創造出的虛擬世界？」我重複鄭一濬的話，說實話，那一瞬間我聽不太懂他是什麼意思。

「意思就是，你以為這裡是你看過的小說世界，事實上只是你腦中的世界。」古子芸思考後做了總結。

「我就是這個意思。」而鄭一濬點頭。

「不，怎麼可能，你們要說這個世界是我做的一場夢嗎？哪有夢這麼真實，連屍體和痛覺都這麼真實？」

「如果你不知道自己在夢中，那這裡的世界對你來說就是真實。例如你原本以為這是小說世界，但不也在這小說世界裡感受到疼痛嗎？」

鄭一濬說的話不無道理，但我很難相信這裡是我的夢境。

可是……

「如果真的是夢境的話……那當我意識到這裡是夢的話，不就表示我可以控制夢嗎？」我這麼說，他們兩個瞬間睜大眼睛。

同時，我們看向門的方向，上頭的數字顯示六個小時。

「試試看。」彷彿心有靈犀一般，鄭一濬和古子芸都如此對我說。

我看著那扇門，食指與中指併攏放在兩側太陽穴邊，像是周星馳那部電影使用超能力時的動作，嘴中還一邊不斷說著：「打開門、打開門！」，並在腦中想像門已經打開的模樣。

但結論是，什麼事情也沒有發生，而且我還像小丑一樣滑稽無比。

「看來是沒有用。」鄭一濬中止我的尷尬，看著上頭的時間倒數。「所以還是要用你原本的方式開門。」

「咳。」我把手放了下來。「看來是這樣。」

「呵呵。」古子芸忍不住因我剛才愚蠢的行為而笑了出來，這一笑，連帶鄭一濬也笑了。

「很像周星馳的電影的動作。」鄭一濬邊笑邊說。

「對！我也這是樣想。」我也笑了。

氣氛頓時輕鬆很多，來到這裡這麼多天，我們終於短暫地放鬆了下來，能夠這樣為了無聊的事情而笑。

「既然門沒有依照我的想法打開，表示這裡不是我的夢境了吧。」

「大概吧。」古子芸說著：「我還聽過一說，就是意識到是夢境的時候就會醒來。」

「那既然我們都還在這裡，就表示或許是我們想太多，這裡只是小說世界。」鄭一濬看起來有點沮喪，大概是推理被推翻了而有點失望吧。

「對吧！這裡就是我所看過的小說世界沒錯。」我有點找回自信，可就在這個瞬間，我忽然心裡一驚，閃過一種不祥的直覺。

若真的在小說世界裡頭，那他們這些角色怎麼會知道周星馳的電影？

我看過的《死亡倒數》中，並沒有出現在現實世界有的作品。

還有……羅小旻曾經說過《名偵探柯南》，這也是沒出現在《死亡倒數》中的啊！

那些作品，都是我自己看過的。

我的心臟猛然加快了跳動頻率，意識到或許他們說的沒有錯，這裡不是小說世界，而是我的腦中世界……

但是為什麼？為什麼會這樣子？

就在這時候，我的頭又再次傳來劇烈的疼痛，讓我瞬間蹲下身子扶著頭，那疼痛沒有稍早來得劇烈，但卻是一樣的感覺，彷彿全身被通電一般劇痛難耐，無法控制自己的身體。

「向淯，你還好嗎？」古子芸立刻蹲下來拍著我的背，並對著鄭一濬喊：

「他剛才就是這個樣子！」

「這是怎麼回事？」鄭一濬也來到我身邊，或許我的臉色真的很難看，他似乎有些嚇到了。

而我卻因為劇痛無法多說些什麼話，握緊了拳頭在腦中想著：

「**好，我不追究可以了吧！我依照小說劇情開門可以了吧！**」

說也奇怪，當我出於直覺這麼想的時候，我的劇烈頭痛就停了下來。

「我、我沒事了。」我說。

「到底怎麼回事？」鄭一濬皺眉，一樣的話語氣卻差很多。

「我不知道，我偶爾就會這樣。」我聳肩，打算裝傻。

但與許明白了什麼。

「就快到開門時間了。」我直接轉移話題，不讓古子芸追究我的狀況。

「門開了以後是什麼場景，你在小說中有看到過嗎？」鄭一濬問，而我搖頭。

「不知道，但或許一切的答案，都在門之後。」我如此說著，然後對古子芸伸出手。「手機給我吧。」

「好。」古子芸毫不猶豫地交給我。

我看著那臺智慧型手機，不知怎地，覺得小白鼠的吊飾明亮得刺眼。

我甚至產生了錯覺，以為這小白鼠的紅色眼睛彷彿有靈性一般盯著我看。

牠之前的眼睛就是紅色的嗎？我一點印象也沒有。

忽然間，我彷彿看到小白鼠活了起來，正用雙手抓著自己的耳朵洗臉，同時間傳來吱吱的聲音。

牠看著我，而我也看著牠。

牠歪了頭，又抓了兩下臉，接著恢復成原本該是吊飾的模樣與姿勢。

「妳看到了嗎？」

「看到什麼？」古子芸也順著我的視線看向她的手機。「難道有訊號了？」

「不，沒什麼……」我恍神說著，那是幻覺嗎？

但是有溫熱的生物在我手掌中活動的觸感是不會錯的，我的手彷彿還留有牠的溫度一般。

「你要怎麼做？」鄭一濬問。

我決定先放下小白鼠的事情，並且來到門邊。

「這裡，有個隱藏機關。」我伸手朝右邊的牆面用力壓下，他們見到白牆被我壓下後驚奇地發出聲音，接著左邊的牆面忽地打開一個隱藏蓋子，裡頭有個紅色按鈕。

「按下去就可以打開了嗎？」鄭一濬太過興奮，立刻衝了過來並且按下紅色按鈕。

他看著門，卻沒有他想像中的動靜發生，他愣地又看了我，錯愕地彷彿在問怎麼回事。

「門不是這樣打開。」我說，接著將手機放到左邊牆面的蓋子之中，並且蓋上。

然後我抬頭看向倒數的時間。「還有三十秒。」

「等一下，會爆炸嗎？我們要不要躲遠？」鄭一濬問。

「站遠一點好。」我笑，然後自己往後退。

我一往後，他們兩個也跟著往後。

「十五、十四、十三……」然後我開始倒數秒數，他們兩個人先是對望，接著也不自覺地跟著我開始數著。

「十、九、八……」

我握緊拳頭，感覺到額頭的冷汗流下來。

「三、二、一！」

碰！

這地方陷入了一片黑暗。

如同我所預測的一般，停電了。

我們在一片漆黑之中，每個人的呼吸聲和心跳聲音額外明顯，我還聽得見茶茶在地板上走路，指甲磨過的答答聲音。

「要等多久？」鄭一濬的聲音在我旁邊，而古子芸在我右邊。

「馬上就要了，遠一點。」

我屏住呼吸，在《死亡倒數》中寫的是「很快發電機就啟動。」，但事實上這個「很快」到底是多快我也不清楚，只知道現在的每秒流失對我來說都很久。

忽然，我聽見一個奇怪的聲音。

像是晚上睡覺時會聽見的嗡嗡聲響，只是大聲許多。但古子芸和鄭一濬都沒有說話，我想他們大概是沒聽到，我下意識地認為別說出來比較好。

有種奇怪的預感在我心中盤旋，但我努力地不去深思。

雖然離奇，但我對這裡的世界已經認定是小說裡頭，要是忽然發現不是我所認為的那樣，那我所有的認知會被打斷，我大概沒辦法承受第二次超乎我常識的事件了。

雖然此刻這裡，真的也已經不像小說世界了。

痛！

突然之間，我的頭又傳來了一瞬間的劇痛。

每當我想要思考這地方得時候，就會傳來劇烈的頭痛，彷彿在阻止我深思下去一般。

「有聲音！」鄭一濬忽地說，而我腦中的思緒立刻煙消雲散，轉為注意眼前的狀況。

我能感受到古子芸抓緊我衣角的緊張，同時間燈光忽地明亮，而手機放置的位置揚起了小小火花，機器發出一陣喧鬧聲響，就這樣通電的門短暫秀逗。

「門開了？」鄭一濬不敢相信事情這麼順利，他立刻上前就要去開門，但是我立刻拉住他。

「等一下，不能這樣去開。」

「為什麼？不是可以逃出去了嗎？」鄭一濬不解。

「古子芸，妳抱緊荼荼，我們必須一起出去。」我謹慎地說著。

古子芸雖然不理解，但還是抱起了荼荼，緊張地看著我。

「向湇？你還有什麼沒告訴我們？」鄭一濬嚴肅問。

我嚥了口口水。「我看到的進度也差不多在這裡而已。主角們會打開門，可是在開門的瞬間，會從尾端的走廊兩側房間開始依序爆炸，一路往前。」

「爆炸？」他們兩個倒抽一口氣，我接著繼續說。

「火勢會蔓延得非常快，幾乎是一瞬間的事情，所以我們三個必須貼在一起，在開門的瞬間立刻跳出門……我想應該是來不及把門給關上，我們大概只能立刻跳出去兩邊，不讓火焰給波及到。但我不確定門後是什麼，是出口？還是另一個密室？又或者是不是陷阱。」

鄭一濬張大眼睛。「什麼啊！所以、所以不知道門後是什麼的話，會不會出去也是必死無疑？這樣子繼續在密室裡不是更好嗎？」

他怎麼會講出這麼有失他聰明人設的話語呢？我皺了眉頭，看了一下上面的時間倒數。

剩下一個小時。

「我沒有說過這本小說的書名叫做《死亡倒數》嗎？顧名思義，上面的時間就是倒數死亡！即便不逃出這個門，在秒數歸零的時候，還是會集體爆炸，在這裡勢必死無疑！」

聽聞後他們慘白了臉。

「但、但是如果說……你看到的地方是他們逃出了門才引起爆炸的話，那你怎麼會知道秒數歸零後，密室也會爆炸呢？」古子芸果然維持人設，問出了這樣的問題。

「因為……在小說裡頭是這麼描述的……」

在門陰錯陽差地開啟後，我們幾個人立刻爭先恐後地朝門跑去，但就在門打開的瞬間，從房間的尾端傳來了爆炸的聲音。

我回頭一看，那爆炸來得又急又猛，所以我立刻大喊要所有人逃出去，這一切都發生在一瞬間，不知道有多少人得以逃出這地方。

背後感受到強烈的熱氣從傳來，但很快又消失，我意識到自己已經跳出了門並趴在地上，一瞬間覺得難以呼吸，可是很快地我感覺自己好像安全了。

「哇，差一點點就全軍覆沒了耶！炸彈啟動的條件有兩個喔！第一就是門被人為的拉開那瞬間，再來就是時間歸零，你們真是厲害。」

「那句話是誰說的？」

我搖頭。「小說就那樣寫，沒寫誰說的，只看文字，也不知道到底是男是女。但可以確定的是……要嘛門後那邊有一個人等著我們，要嘛就是當初逃出去的人中有一個兇手。」

「當時逃出去的有誰？」

「現在那個也不重要了，能確定的就是剩下我們三個……」

「汪！」茶茶刷存在地喊了一聲。

「還有茶茶。」我笑著補充，然後看著他們兩個。「所以，我們一起逃出去吧！」

他們交換了眼神後，堅定地看著我，然後點頭。

我們都做好了準備，在開門的瞬間，背後會傳來劇烈的爆炸與高溫的熱氣，這很有可能會讓我們灼傷或是因空氣壓力而撞傷。

但，不會有事情的。

「準備好了嗎？」我問。

「好了。」鄭一濬伸手準備開門，就在我們三個人點頭之後，門用力拉開。

如同預料般，後頭傳來了火光以及爆炸聲響，伴隨著強烈熱氣。

因為有心理準備，所以我們並沒有人回頭。

古子芸是第一個跳出門的人，再來是我，最後是鄭一濬。

我不知道古子芸怎麼在這麼短的時間做到的，但她已經把茶茶放到了地上，接著回過頭雙手一推——

將鄭一濬用力推回了門內，他瞠目結舌，驚訝地看著古子芸，並且立刻伸手要反抓，但是太突然、速度也太快，鄭一濬根本來不及反應，就連同我也來不及反應。

我欲伸手，但卻太遲，鄭一濬被推回了密室之中，爆炸的火光襲來，被吞噬在那橘黃色的火焰裡，而出於本能，為閃避致命的熱氣與火，我下意識地趴下了身體，但似乎還是吸到了熱氣，肺覺得難以呼吸，似乎快要窒息。

「必須得這樣才行。」古子芸輕輕說著，然後拉起了我。「你根本不會感受到痛苦才是，這些都只是你的投射。」

什麼？

她的話彷彿就是關鍵字一般，瞬間我身上所有的不適都消失，就連呼吸都變得順暢。

我還錯愕不已，就發現她不知何時已經關上了門，門縫下火光依舊。

「鄭一濬呢？」

古子芸微微一笑。「死了。」

「死、死了？」我重複，不敢相信剛才眼前的一切。

「嗯，死了。」古子芸抱起地上的茶茶。「死透了。」

「為什麼？」

「嗯？」

「為什麼要這麼做？我們不是已經逃出來了嗎？」我震驚地問，明明可以三個人都倖存的，為什麼古子芸要做這樣的事情。

這不像是她會做的事，她應該是溫柔無害又富有同情心的，和她現在的模樣完全不同。

「為什麼……我是為了你好啊……」古子芸歪頭，一臉不解的模樣，又是那無辜的天真表情。

「什麼叫做為我好？我們都已經逃出那裡，可以一起離開，妳殺他做什麼？他已經不會傷害我了！」

「不是啦，他一定得要在那邊死啊，應該說，我一定也得遵守這樣的事情才行，這樣子才會走上一樣的路徑啊。」古子芸搖頭，一副不甚理解的模樣。

「什麼……」我還來不及接著問下去，就注意到我們所在的位置並不是戶外，而是另一個密室。

正確來說，是保健室，學校的保健室。

我大驚，這是我高中時期的學校保健室，因為那時候很常過來所以很熟悉，我總是躺在角落的那張床上，無論是為了逃避還是真的全身是傷，當初的保健室對我來說是救贖。

「你記得這裡？」古子芸開心地說，並且摸著茶茶的毛。「太好了，原本在無止盡的走廊那時，你都沒有任何反應，我以為你已經忘記那是你的高中母校了。」

「什麼？」

「那個版型是你的高中呀，但是你卻找不到出口，還要茶茶帶路，讓我一度有些緊張呢。」古子芸露出興奮的笑容。「但是好在這邊你認得出來，那表示還算成功。」

「成功？妳在講什麼？妳就是幕後主使者嗎？是妳殺了大家？」我腦筋轉不過來，立刻跳到一旁，離她遠一點為上策。

她皺起眉毛。「不是，哎呀，不是已經認知到這裡不是小說世界了嗎？怎麼……不過我不能說啊，要靠你自己才行啊。」

「這到底是怎麼回事？我已經搞糊塗了。」事情超乎了我的想像，並不單純只是我穿越到小說世界裡？這裡是別的地方，只是被套上了我看過的小說為模組？

我一驚，每當我深思時，腦中就會劇痛，像是在阻止我思考下去。

但這時候，那些劇痛都消失了，我顫抖著牙齒，抬頭看著眼前的古子芸，她彷彿變成了另一個人，不再是小說裡的人設。

「這裡是……我的腦中世界？」

古子芸瞇起了眼睛，滿意地微笑。「向清，你果然很聰明啊！」

＊＊＊

我重新釐清了現在的狀況，我以為這裡是小說世界，但其實是我腦中的世界，只是被套入了我看過的小說故事。

這才能解釋為什麼裡頭的角色都是我現實中認識的人，以及為什麼會出現一些現實中才有的動畫梗。

我是怎麼會進入腦中世界的？

最常見的大概就是我發生意外，陷入昏迷。

所以現實中的我正躺在醫院的床上嗎？我昏迷多久了？我的生命是不是岌岌可危？

而我已經意識到自己在腦中的世界了，為什麼還是沒醒來？

難道要完整逃出這密室才能從腦內的世界醒來嗎？可我明明已經逃出密室，卻又困在另一個密室。

真的會有出口嗎？還是我就得陷在這無止盡的輪迴之中？

「你在想什麼呀？」一派輕鬆的古子芸坐在床鋪上，而茶茶在一旁打盹。

「妳是什麼存在？」

「我？我不就是古子芸嗎？」她一笑。

「如果這裡是我的腦中世界，那身為NPC的妳怎麼能像個有自主意識的人跟我說話，又告訴我這裡是什麼哪裡呢？」

「嗯……難道其他人沒有自主意識嗎？」她想跟我打迷糊仗。

「妳知道我說的意思！」

「哈哈哈。」古子芸跳下了床，口袋的小白鼠吊飾露了出來，正閃閃發亮。

「妳什麼時候又拿回了手機？不是在開關那嗎？」

「喔！因為我需要啊。」她笑著拿出來，搖晃著手機，那小白鼠也跟著晃動。「我算是比較特別一點點的存在，這要問問你的腦袋呀，到底賦予我什麼樣的使命。」

「我？」

「嗯，你要思考一下，我們該怎麼逃出這裡。」古子芸環顧了保健室一圈。「這裡對你有什麼特別的意義嗎？」

「……」我握緊拳頭不發一語，古子芸又笑了聲，試圖要去拉開窗戶或是拉動門把，但都徒勞無功，這裡什麼都被鎖了起來。

「看，外面風景很美耶。」

我來到窗邊，居然不是一片漆黑，而是看得見校門口，以及天空的晚霞，甚至還有鳥群飛過天際，汽車駛過馬路，我還能看見行人在外走著。

「救、救命啊！」我用力敲著窗，想要吸引正在放學的人的注意，但根本沒有用，我們這裡就像是與世隔絕一樣。

我轉身拿起了保健室裡的滾輪椅子，用力往窗戶一砸，可椅子只是彈了回來，還差點打到我，玻璃卻文風不動，一點裂痕也沒有。

「不要浪費時間啦，要想辦法逃出去才行喔。」古子芸一笑。「上一個密室有讓你偷作弊，用跟小說一樣的方式你才知道要怎麼逃出來，但這一次可是全新的，你要怎麼逃呢？」

我喘著氣，看著橫躺在地上的椅子，看著外頭放學的學生們、來往的行人、與學生說再見的教官。

「妳不知道嗎？」

「我不知道喔。」古子芸微笑，又跳回了床上，而茶茶依舊睡得香甜。

「是妳殺了密室裡的那些人嗎？」

她一臉驚訝。「如果這是你的腦袋，那你應該知道是誰殺了他們才是呀。」

「我怎麼會知道！我連這裡是哪裡，都是透過妳的關係才領悟到的！」

「什麼呀，那你懷疑是我殺的囉？」

「……」

「不說話就是承認囉？」古子芸覺得有些委屈。「真是太無辜了，我根本沒有做那些事情，他們才不是我殺的呢！」

「但妳剛才卻殺了鄭一濬啊！」

「那不一樣呀！鄭一濬就是必須在那邊死掉才行嘛！而且也不是我殺的啊，我只是推了一把。」古子芸瞇起眼睛。「你真的想要救他的話，其實是來得及的啊，但是你並沒有啊！」

「我怎麼可能來得及！我手都伸出去了，還是沒抓到他，那爆炸的火光就來了……」

「你根本就不會因為那火光或是熱氣而感覺到痛，你和鄭一濬互砍、被楊千莫攻擊都沒有受傷了，你潛意識根本就知道你不會受傷，可是卻假裝害怕那些痛而縮手了，所以是你不救他的！」

我目瞪口呆，這女人到底在說些什麼啊！

但是……她說的……是否真有幾分道理？

真的是我縮手的關係……？

「所以，鄭一濬是你害死的。」

古子芸的話繚繞在我耳邊，宛如催眠一般，但我立刻搖頭，差點就順著她的節奏走了。

「不是，推他的人是妳，就算這裡真是我的腦子裡的世界，也是妳推他的！」

古子芸些些睜圓眼睛，接著微笑。「或許是你指使我的？」

「妳不要再企圖擾亂我了！說，一直以來都是妳嗎？殺害大家的兇手、把我們困到這裡的兇手、和幕後指使者一夥的兇手！」

然而面對我的暴怒，古子芸只是一臉無辜，就宛如初見到她的那模樣，天真又無害。

「為什麼聽不懂我說的話呢？我就說這是你的腦內世界了，那兇手不就是你嗎？怎麼會是我呢？」

她這句話讓我瞬間起了雞皮疙瘩。「妳的意思是，是我讓妳變成兇手？」

「對呀，你的腦袋決定了我怎麼做。你要設定成真正的兇手是鄭一濬也行呀～～」古子芸笑著。「你只是剛好設定成是我，所以不是我，是你。」

「那如果這是我的腦袋，我要醒過來，醒過來！」我用力打著自己的頭，可是什麼事情也沒有發生，我看向古子芸，她依舊是那天真無邪的臉龐，抱著茶茶搖晃著。

忽然間，我像是靈光乍現一般，忍不住笑了起來。

「你在笑什麼？」

「我差點又被妳誤導了。」我看著眼前的她。「如果真是我腦內世界，我認知到的瞬間，就該要醒來。」

「不一……」

「而我現在還沒醒來，表示還有一個關鍵的事情沒有解決。」我打斷了古子芸的話。

如果說，她就是類似心魔或是核心的存在，那唯有打敗古子芸，我才有辦法醒過來。

我不動聲色地拿起了放在一旁醫療櫃子的剪刀，而古子芸也看見了，但她並沒有露出害怕的神情，反而露出讚揚的笑容。

「什麼事情呢？」她放下了手中的茶茶，坐到了一旁的活動式滾輪圓椅上。

我握著剪刀，茶茶一邊聞東聞西地往一旁走去。
「就是……」我大喊著，舉起剪刀就往茶茶的方向刺過去。
她和牠都沒料到我的舉動，茶茶根本來不急跑，而古子芸站起來伸出手要阻止也為時已晚。
刀尖刺入茶茶嬌小的身軀，牠嗚汪一聲，某一個瞬間我覺得殘忍，但是下一秒茶茶的身體馬上從刺入的地方發出劇烈的光芒，蔓延至牠的全身，接著就像是氣球爆破一般，完全消失。
我喘著氣，瞬間天搖地動，從遠處傳來了建築物崩塌一般的聲音。
「啊啊，沒想到你還真聰明啊。」古子芸皺起眉頭，惋惜地看著茶茶消失的地方。「怎麼不是懷疑殺了我，而是牠呢？」
「因為只有茶茶不是我現實中認識的存在，加上妳一直都在保護牠。」我轉頭看著古子芸，她的臉上也出現了些許裂痕。
「我真是太大意了。」她聳聳肩，然後拿出手機，上頭的小白鼠吊飾閃閃發亮著。「看來是你贏了耶。」

保健室裡也從天花板落下了沙塵細石，這裡也開始崩塌。「我就要醒來了對吧？」

「大概吧？」

「大概？」

「我怎麼知道現實世界是怎樣呢？我不過就是你的腦中人物罷了。」她聳聳肩，有些遺憾地垂下眼睛。「哎呀，如果可以多相處一點就好了，對了，現實中的古子芸，是怎麼樣的人呢？」

「……至少不是像妳一樣表裡不一的人。」

「哈哈，真是失禮耶！」古子芸笑了起來，我從來沒聽過古子芸姊姊這樣笑過。

雖然她不是姊姊，但是她的外型確實是姊姊。

全身出現裂痕的她，此刻竟讓我有些不忍。

「向淯，你不要忘記我喔。要記得……我做的一切，都只是因為你的腦內設定要我這麼做的。」她全身的皮膚布滿了蜘蛛網狀的裂痕。「我不是壞人。」

接著，她像是瓷器一般全身破裂，散落了一地，化為粉末。

「……嗚……」我還是哽咽了，現實中的自己到底發生什麼事情，為什麼會創造出這樣的世界？

即便他們都是虛假的，但是在這裡卻也是真實的。

這一切，只能等我醒過來才能知道了。

我躺到了保健室的床上，看著周邊的一切不斷隕落，一陣巨大的聲響從遠至近，我從床上彈起來，那像是有人在奔跑，而且不只一個。

這裡還有其他人嗎！

我跳下床，準備要打開門出去，可是才站在窗邊，就看見一堆怪物拿著利器，從走廊奔馳而過。

「嘻嘻……嚕嚕……」

「嘎哩……」

他們發出奇怪的聲音與低吼，似乎沒有注意到我就在這裡，一團怪物就這麼一大串地奔過了走廊。

「那是什麼……」我震驚不已，為什麼會有這樣的怪物在我的腦內？

我立刻轉動了門把，這一次可以打開了，外頭的走廊也正在崩塌，那群怪物們嘻嘻笑笑地朝前方跑去，我下意識地追上。

「等、等等我！」我大叫，拔腿就要追上，可一個強烈的震動，對，就是震動。

彷彿大地跳躍般地震動將我彈了起來，撞往牆面。但是卻沒有預料的疼痛，牆壁變成了果凍般的材質，將我整個人吞噬下去。

「嗚！」

「你醒了嗎？」

一道聲音出現在上方，我愣住，張開了眼睛。

嗶——嗶——

儀器的聲音傳來，我注意到自己正坐在一張大椅子上，頭上不適感強烈，似乎有東西罩著，而我的手腳都被綁在椅子上，身旁有許多儀器。

「嗚！嗚嗚！」我想說話，但是卻無法自由開口，嘴裡有東西阻礙，鼻子則被插入管子，讓我很不舒服。

「真的醒了！」眼前一個穿著白衣的女人十分驚訝，對著後面的另一個男人喊。「快去叫老師過來！」

老師？是誰？

什麼老師？

這裡是哪裡？

為什麼……為什麼看起來……

我環顧著四周，有著巨大的透明水槽、眾多管線與儀器，周邊的人盡穿白衣並戴口罩，還有許多電子儀器等。

這裡……就像實驗室一般。

「老師！他已經醒過來了。」門後傳來剛才走出去的男人的聲音，伴隨著兩個人的腳步聲。

接著他們進來了，所有人都退到一邊，走在後面的是一位穿著白色大衣並戴著口罩的女人，她漂亮的雙眼從鏡片後注視著我。

「向淯，你還好嗎？」她開口，眼裡透出擔憂，那聲音我永遠也不會忘。

「啊……啊啊！」我激動地喊，但是一樣發不出聲音。

古子芸……姊姊。

（待續）

雙向禁錮 上

2023年6月29日 初版第1刷發行

作者　尾巴Misa
插畫　葉長青

發行人　岩崎剛人
總監　呂慧君
編輯　陳育婷
設計主編　許景舜
印務　李明修（主任）、張加恩（主任）、張凱棋

台灣角川

發行所　台灣角川股份有限公司
地址　104台北市中山區松江路223號3樓
電話　(02)2515-3000
傳真　(02)2515-0033
網址　http://www.kadokawa.com.tw
劃撥帳戶　台灣角川股份有限公司
劃撥帳號　19487412
法律顧問　有澤法律事務所
製版　尚騰印刷事業有限公司
ISBN　978-626-352-544-3

國家圖書館出版品預行編目資料

雙向禁錮 / 尾巴 Misa 作 . -- 初版 . -- 臺北市 : 臺灣角川股份有限公司 , 2023.05-
冊 ;　公分

ISBN 978-626-352-544-3 (上冊 : 平裝)
ISBN 978-626-352-545-0 (下冊 : 平裝)

863.57　112003915